倡导诗意健康人生
为诗的纯粹而努力

阎 志
主 编

最新的词
中国诗歌
【第80卷】

2016 **8**

主　编：阎　志
常务副主编：谢克强
副　主　编：邹建军

编　委（以姓氏笔画为序）：
田　禾　叶延滨　李　瑛
祁　人　吴思敬　杨　克
张清华　邹建军　陆　健
林　莽　路　也　阎　志
屠　岸　谢　冕　谢克强

发稿编辑：刘　蔚　熊　曼　朱　妍
　　　　　　李亚飞
美术编辑：叶芹云

编辑：《中国诗歌》编辑部
地址：武汉市盘龙城经济开发区
　　　　第一企业社区卓尔大厦
邮编：430312
电话：(027) 61882316
传真：(027) 61882316
投稿信箱：zallsg@163.com

目　录 CONTENTS

4–15　头条诗人
5　最新的词（组诗）　　　　　　　泉　子
15　我们还欠现代汉语一次辨认　　　泉　子

16–30　原创阵地
布　衣　若　水　余千千　杨　康　洛白木叶
柯　桥　刘　梦　关　子　严　正　北　鱼　段若兮
吴重生　蔡　永

31–61　实力诗人
32　郭毅的诗　　　　47　公然的诗
35　陈广德的诗　　　50　呼岩鸾的诗
38　王琰的诗　　　　53　艾蔻的诗
41　那曲目的诗　　　56　李永才的诗
44　风言的诗　　　　59　沙克的诗

62–65　新发现
63　理想者（组诗）　　　　　　　　刘　郎

66–72　女性诗人
67　青葱使荒芜抬起绿意（组诗）　娜仁琪琪格
72　有什么能成为永恒　　　　　　娜仁琪琪格

73–82　大学生诗群
陈　翔　东润枝　李昊宸　立　扬　伯兹桥　向　尧
宋　逸　田丽雯　郑杨晓涵　周　斌　王灵斐　鲁　海
北　北

83–92　中国诗选
李少君　于　坚　杜　涯　李　南　韦锦晓雪
张　烨　亚　楠　南　鸥

93–96		爱情诗页
94	草木灰（外四首）	锦　绣
95	当我们说到爱（外三首）	梅　子
96	小情诗（组诗选五）	姜　了

97–106		散文诗章
98	一个人的季节（六章）	风　荷
105	思（八章）	黄小霞

107–116		诗人档案
109	马莉代表作选	
113	诗意的光芒来自何处	桂延松 等

117–126		外国诗歌
118	丽塔·达夫诗选	程　佳　宋子江／译

127–139		新诗经典
128	柯仲平诗选	
134	在外国诗歌、民歌与中国传统诗词之间	邹建军　叶雨其

140–150		诗评诗论
141	三个宇宙：由外观走向内省	邹惟山
148	《西夏史诗》的诗学考查	李生滨　田　鑫

151–154		诗学观点
151	诗学观点	李羚瑞／辑

155–156		故缘夜话
155	老班章之夜	熊　曼

封三封底——《诗书画》·赵丽宏书画作品选

本期插图选自 Strisik, Paul 作品

图书在版编目（CIP）数据

最新的词／泉子等著.－北京：人民文学出版社，2016
（中国诗歌／阎志主编）
ISBN 978-7-02-011980-6

Ⅰ.①最… Ⅱ.①泉… Ⅲ.①诗集-中国-当代②诗歌评论-中国-当代-文集 Ⅳ.① I 227② I 207.22-53

中国版本图书馆 CIP 数据核字（2016）第 205782 号

责任编辑：王清平
装帧设计：海　岛
责任校对：王清平

人民文学出版社有限公司出版
http://www.rw-cn.com
北京市朝内大街166号　邮编：100705
武钢实业印刷总厂印刷　新华书店经销
字数 210 千字　开本 850×1168 毫米 1/16　印张 9.75
2016 年 8 月北京第 1 版　2016 年 8 月第 1 次印刷
ISBN 978-7-02-011980-6
定价 10.00 元

如有印装质量问题，请与本社图书销售中心调换。电话：01065233595

头条诗人
HEADLINES POET

QUAN ZI 泉子

1973年10月出生，浙江淳安人。现居杭州。著有诗集《雨夜的写作》、《与一只鸟分享的时辰》、《秘密规则的执行者》、《杂事诗》、《湖山集》，诗画对话录《从两个世界爱一个女人》、《雨淋墙头月移壁》。作品被翻译成英、法、韩、日等多种语言。获刘丽安诗歌奖、《诗刊》社青年诗人奖、《十月》诗歌奖、西部文学奖、汉语诗歌双年奖等奖项。

最新的词

·组诗·

□ 泉 子

第一个音符

这些光秃秃的柳条多么像披拂而下的琴弦，
而在虚空中隐而不现的，那么有力的手指，
还没有来得及摁下，
并弹拨出这尘世的第一个音符。

莫名的惊悚

屈原是我心中的英雄，
杜甫是我心中的英雄，东坡居士、倪云林、曹雪芹是我心中的英雄，
黄宾虹是我心中的英雄，但丁是我心中的英雄，
荷马是我心中的英雄，
穆罕默德是我心中的英雄，耶稣是我心中的英雄，释迦牟尼是我心中的英雄，
孔丘是我心中的英雄，庄周是我心中的英雄，
那在未知中，永远无法完成的你，会成为另一个英雄吗？
哦，你依然无法说出这战栗，这莫名的惊悚！

最新的词

一颗敏锐而勇敢的心，一定有足够的力量说出质疑，
而无论任何时代。
这种质疑指向的是尘世中万物那共同的局限性，
并以一个又一个不同的幻象绵延成一个又一个时代。
而在今天，这幻象由高度的商品化所标识。
或者说，商品化对人性的侵蚀不过是同一个怪物
在我们这个时代重获的，一个最新的词。

张枣的戏言

张枣曾戏言：现代汉语从未搞定过西湖。
他借一句戏言，提出了一个严肃而重大的问题，
即山水与人心从未在现代汉语中真正融合过。
而在今天，山水与人心终于
在现代汉语中获得了一次真正意义的融合，
在张枣提出问题二十年，
而他已然弃世多年之后。
你的喜悦中同样饱含着一份深深的感激，
从一个问题的提出，到一种解答，
你们共同承载起了
这个喧嚣时代深处的孤独。

时代的喧嚣

每个时代都有着每个时代的喧嚣。
诺贝尔文学奖是我们所置身的时代
在文学领域最大的喧嚣。
这无所谓幸与不幸，
甚至无关褒贬。
而只有当一个人用他的孤绝，
为一个时代，为那巨大的喧嚣
发明出一个静止的风暴眼，
（这真是一种奇迹，
它始终处于风暴之中，
而又从来置身于风暴之外。）
那么，在多年之后，
他才可以说，
诺贝尔奖说出的并非一种诅咒。

伟大的羞耻
——致耿占春

一只蜘蛛那么精致的家园
几乎没有任何征兆地坍塌了
当你踱着悠闲的步履
穿过那条人迹罕至的林荫小径
一种真切的同情与愧疚
并不意味着
一种不带意志的破坏理应获得宽恕
就像我们面对大自然，
那些看似不经心，
而又如此强大的力量，
你曾经暴怒如传说中的雷神
你一次次地诅咒
直到你发现
你看见与听见的都只是你自己
直到你重获一个曾属于佛陀
或穆罕默德的瞬间
直到你再一次发明出
那伟大的羞耻

欢 喜

爱不是相互的占有，爱是宁愿不自由，
是宇宙如此浩渺无际，而我们同在人世时的欢
　喜。

多 好

多好，如果可以人与诗俱老；
多好，如果可以人与画俱老；
多好，如果杜甫的道路可以成为你的道路；
多好，如果你终于品尝到了
暮年黄宾虹的孤独。

刹那间的事

一颗露珠的聚与散是刹那间的事，
对一个刚刚度过了他漫长一生一大半的人来说，
一只蜉蝣的生与死是刹那间的事，
一朵花的开与败是刹那间的事，
一片山坡，一片树丛的荣与枯是刹那间的事，
对一个刚刚度过了他漫长的一生的一大半的人来
　说，
一个时代与另一个时代的交替往复是刹那间的
　事，
一个家族的盛衰消长是刹那间的事，
万物的生生与灭灭是刹那间的事，
尘世的孤独与寂寞，悲伤与欢愉是刹那间的事，

对一个刚刚度过了他漫长的一生的一大半的人来
　　说，
佛陀因一种寂静与幽暗，而不得不忍受的喧哗与
　　炫目，
是刹那间的事。

永 恒

永恒是我们试图以一把有限的尺子
去丈量无限时的孤独；
是这古老而常新的死一次次赠予我们的惊奇，
是被万有的浮华遮蔽，
并又一次次由空无重新聚拢来的人世。

啼 鸣

是布谷鸟，还是乌鸦的啼鸣，
最终赋予这黑漆漆而伸手不见五指的夜晚以幽暗
　　的光，
以及一枚果核中的万丈悬崖得以测度的尺子。

消 失

每一种消失都是悄无声息的，
就像一颗雨滴消失在波澜不惊的海面，
就像一群人消失在辽阔而鼎沸的故国，
就像一个逝去王国中那曾不可一世的王消失在历
　　史的烟尘，
就像地球，就像那比整个人世，比我们头顶的日
　　月更稳固的星辰，
消失在宇宙那深不可测的蔚蓝。

对 岸

很快，你来到了湖的对岸，
那曾与你一同眺望的人，成为了
你此刻眺望中的风景，
他们使古亭成为了此刻的古亭，
他们使远山成为了此刻的远山，
他们使你成为了此刻的你。

忘了吧

忘了吧，忘了这尘世，
忘了这尘世中曾有的悲伤，
忘了这尘世曾有的欢愉，
忘了你曾是那生长的树木，
忘了那含苞待放的花儿，
忘了那黄过又绿的草地，
忘了那些盘旋的翅膀，
忘了夜莺在黑暗深处的啼鸣，
忘了你曾经是一个那么弱小的孩子，
忘了你已为人父，
忘你的孩子正代替你的生长，
忘了她终将拥有她的孩子，
忘了她的孩子终将获得你曾经的悲伤与欢愉，
忘了这仿佛无尽的人世。

静静的树林

在这片树林里，我遇到最多的是解决内急的人，
他们一头扎进了树丛，
看见我，仿佛发现了另一个有着相同秘密的人。
有时，我是一个后来者，
我们交换着彼此的歉意与尴尬，
在这片我们共有的，静静的树林。

长啸者

那从黑黢黢的宝石山顶上传来的长啸，
让人心惊。
他是否找到了前世的自己？
他是否找到了，
一双千年之后的耳朵，
一颗埋藏在另一个身体中的，
他此刻的心，
他此刻的寂寞，他此刻的绝望，他此刻的孤独！

爱

动心是简单的，一如树叶在微风中的浮动。

而爱从来如此艰难,
它有着一粒种子成长为参天大树所经历的,
那全部的阳光,与风雨晦暝。

奖 赏

不会因为幽暗,
而将你口中的痰吐向你面前,
那同样幽暗而洁净的水面。
这是因持续了二十多年的写作,
因持续地,对一个湖泊的凝望,
一个不再年轻的诗人,终于获得的奖赏。

青山的无言

只有足够的遥远,你才可能听见青山的无言,
你才可能看见那接近于透明的乳清色,
你才可能理解,
并非一列,而是重重叠叠的青山,
在越来越浓郁的暮色中的奔流,
那么孤独,那么绝望,那么残忍!

针 尖

在宝石山与孤山的重合处,瘦削的保俶塔浮出丛林,
浮出褐色的屋瓦,
并将整个宇宙凝固在针尖般的锋芒之上。
你无法再靠近哪怕一小步,
并非因面前这宽广而波澜不惊的湖面,
而是那针尖将因这脚底的一厘米、一微米,
直接刺入你的眼睛。

艄 公
——赠祝铮鸣

风把一池的水吹皱之后,岸便移动起来。
你终于成为倪云林笔下那个面目不再被世人所辨识的艄公,
你终于获得了一叶漂泊于烟渚的扁舟,
你终于通过你手中的竹篙说出:
这人世的寂寞与荒芜。

我不敢想象

我不敢想象,如果当年成功应聘那个万众瞩目的岗位,
今天的我是否已在人事的旋涡中碰得头破血流,
还是已然成为了又一个肠肥脑圆、志得意满的成功者?
就像,我不敢想象,
如果我不是我,
那么,这山是否还是这山,这水是否还是这水,
而我是否依然配得上这寂寥的尘世,这喧嚣时代深处的绝望与孤独?

静默的鱼

当风把一池的幽暗吹皱时,
一尾静默的鱼,
正沉向幽暗的深处,
而鱼脊的每一次显露都对应于
一个崭新而完整的人世,
而你沐浴着这微风,
而你目睹着一尾鱼
在刹那间的浮与沉,
而你终于获得了尘世
在一个个流动不居的瞬间中的安稳与永恒。

那曾经怒放的青春

当年那个曾遭袭胸的女子,应已年近垂暮,

她是否还记得那个拥挤的码头？
她是否还记得一次来自那已不辨音容的少年的冒
　犯？
她应还记得
那曾经怒放的青春！

枯　叶

透明的玻璃屋瓦上，
快速移动的枯叶，像极了
一只只惊惶无措的松鼠，
仿佛因时间之鞭的抽打，
仿佛它们正震惊于天空之蓝，
仿佛一片片巨大的阴影落向你眼眸时
这整个人世的寂静与荒凉。

必　须

你还必须去获得穆罕默德的孤独，
你还必须去获得耶稣的悲伤，
你还必须去获得老子的寂寞，
你还必须去获得佛陀的绝望，
你还必须去获得万物被和盘托出的一瞬中，
这人世全部的欢喜与沮丧。

一座山比我们绵延更久

一座山比我们绵延更久，
一条河流比我们泽被更远，
是因为我们还没有发明出
一双世世代代将它们看见的眼睛，
是我们还没能在不断的放下中，
积攒出那辽阔，以致苍茫的热爱与孤独。

太浓郁了

太浓郁了！以至于你找不到一片树叶，
找不到一对翅膀、一列青山、一颗露珠，
找不到任何一种象形之物，以说出，
你从必然那疏而不漏的巨网的洞孔中挣脱

并再一次隐身于如此茂盛的偶然与繁花时，
你的喜悦与惊悚。

你我有多渺小

历史不过是你随手记录在烟盒上，
又随即撕碎的一行行文字。
而灰烬依然不够彻底，
在一面由时间的火焰堆砌出的，
无所不在的镜子上，
你我有多渺小，
历史就有怎样的虚幻。

忽然间

忽然间，你有了一种巨大而无可言说的忧伤，
满天的云彩化作你此刻头顶的晚霞，
而你是那些曾经耀眼的光，
而你是那终将将你整个地吞下的
天空的寂静与大地的无言。

太骄傲了

太骄傲了！
对年轻的骄傲，对力的骄傲，
对美的骄傲，对善的骄傲，对真的骄傲，
对你依然是你的骄傲。
而你
还未能说出对年轻的愧疚，
你还未能说出对力的怜悯，
你还未能说出对美的同情，
你还未能说出对善与真的绝望，
而你还未能说出死亡为你，
同时为每一个人发明出的祝福。

我爱着

我爱着这水面下的山，
我爱着这水面下的树木，
我爱着这水面下的堤岸，

我爱着这水面下熙熙攘攘，
又转瞬稀稀落落的行人，
我爱着这晃动不止的人世。

放 下

放下时代，
放下国家与民族，
放下政治、经济与风俗，
放下山，放下水，
放下这时间的奔流与起伏落向你身体深处的倒
　　影，
放下你此刻目睹的尘世，
放下孤独，放下悲伤，放下绝望，
放下这露珠般晶莹剔透，而又被自身的弧度所隔
　　绝开来的，
一个个物我两忘的瞬间，
放下由你的思赠予的
这曾经将整个宇宙摧毁，又重新聚拢来的力。

牌 友

我的牌友，十多年前
曾经相邻办公的同事死了。
那时，我知道他喜欢喝点小酒，
在我们同时上班的间隙，
他会约我打牌，下点不大的赌注。
对于他，我知之不多。
但发生在我来到这个单位之前的一件事，
可谓人所共知：
就在他结婚前夕，
他与一位女同事偷情，在单身宿舍里。
同寝室的另一位女孩不断敲门，
仓皇中，他选择从三楼的窗台上翻出去，
并用双手紧紧地抓住窗沿，
而整个身体悬挂在空中。
他的情人同时打开了反锁着的木门。
那个满心狐疑的女孩，
不停地用眼光搜查着
这个十几平方米小屋的角角落落，
直到一个重物从三楼窗台了下去。
他的腰椎间被植入一块窄小的钢板，

而开始了似乎永无止境的
"昂首挺胸"的生活。
他的情人很快辞职，
离开了这座风言风语的城市。
他和未婚妻正式结婚，
生下了第一个，
也是惟一的儿子。
我们偶尔一起玩牌
是在相邻办公室工作的一年半中。
很快，我们相继在单位换了新的工作。
我到机关做宣传干事，
他去了电工房。
在这个不大的单位里，
我们还是能经常照面。
但更多时只是点点头，
打个招呼。
而这样的沟通似乎随着时间的流逝
变得越来越难得。
直到有一天，我从同事那里听说，
他因常年酗酒而被病退了。
他对酒精的依赖，
是在换新工作之后，
有时，同事整个上午都找不到他，
而他的解释是
打车到城里买酒去了。
在每天上下班的班车上
他一次次悄悄地，
从公文包中取出藏好的二锅头，
以使自己不断颤抖的手指平复下来。
被病退的导火线，
是另一位电工，
在只有他俩在场的情况下少了一千块钱。
在领导的逼问下，
他从内裤里翻出了十张被揉皱的红色纸币。
他说，自从被发现酗酒后，
工资卡就被妻子保管，
而他的零用钱已维持不住每天三斤劣质二锅头。
他突然在领导面前跪了下来，
不断地磕头。
满脸的泪水最终使对他的惩罚，
从开除改为病退。
这之后，我再也没有见过他。
偶尔有人说起，
都大约是每年年底，单位组织探望病休员工前

后。
直到今天早晨，又一个年末，
同事来统计后天参加他追悼会的人数。
他死于前天深夜，具体时辰不详。
长年的酗酒使他的肝脏坚硬得像一坨铁。
他的妻儿以为他一定会挨过那个漫长的夜晚
而在隔壁的房间中沉沉睡去。

素　净

荷塘在开阔处最先枯萎，
那是黄金在褪尽所有光芒后的素净，
那是一张在繁华落尽后才得以显现的脸庞。

太多的人世

树叶飘落下来，像极了人的足音，
在荒无人烟的山野，
我真的听见那些遥远的脚步声了吗？
还是因为我的心中
依然有着太多的人世？

在灵隐寺

在一百零六个春秋悄无声息地过去之后，
那群没有留下任何姓氏信息的工匠去了哪里？
那是佛陀用二十四根巨大的楠木成功为他们，
为更多的人们挽留住的音容吗？
当你抬起头，当你从那比佛陀曾经的生死更为久
　远的寂静与慈悲中，
看见这人世的绝望与惊奇！

你是否说出了此刻

不再刻意去选择一种言说方式了，
甚至它也无关能力的证明。
你惟一关心的是：
你是否说出了此刻，也是那颗极远处的心，
或者，你是否已然说出这全部的人世。

鸡　蛋

对于鸡蛋的仇恨，源自对贫穷的恐惧
以及那几乎与贫穷同义的农家子身份的厌恶。
一个刚刚跳出农门的少年，在持续行进了近五十
　小时的列车上，
他执意不去碰母亲为他准备的二十个土鸡蛋，
（在他更年幼时，他曾经一次吞下十个）
"你可以每顿吃两三个，那么这些鸡蛋或许能
　够上两个整天的伙食。"
母亲在车子启动的一刻，依然不住地嘱咐与叮
　咛。
他执意不去碰那二十个鸡蛋，而是买了两包方便
　面和一瓶可乐，
他就着盐巴与调味品，咬一口干面饼，然后喝一
　口可乐，
就像坐在他对面，打扮入时，应该是城里的同龄
　人一样，
直到二十个完整无缺的鸡蛋在二十五年前那个盛
　夏的列车中
散发出一阵并不算浓烈的异味，
直到在一个新的城市的入口处，他将它们丢入了
　一个即将满溢出来的垃圾桶。

直到有一天

在更年轻的时候，我曾以为爱情会永恒
就像，我曾以为我能永远年轻一样
在更年轻的时候，我曾把清晨树丛深处一声雀鸟
　的啼鸣
与一群乌鸦的翅膀在天空中划出的低低而倾斜的
　弧线
当作一种永恒的形式
随后的，那些否定与新生，那些由孤独与欢愉编
　织而成的时光是漫长的
直到有一天，我们试着，并终于理解了
爱并非作为一种情欲，甚至并非作为你与单个事
　物的连接与束缚
而是对至真至美的那永恒的激情与热爱
直到有一天，我们终于理解了每一次生命
都是我们向那圆满之地的再一次出发

直到有一天，我们终于理解了
清晨树丛中一声雀鸟的啼鸣与一对对黑色的翅膀在天空中留下的那些光滑而破碎的圆弧
都是真理从那空无中发出的召唤

雾越来越浓密

雾越来越浓密了
宝石山顶那如中指般刺向天空的尖塔已经完全消失
只有山的轮廓依稀可以辨认
只有这时，我才发现又一个春天已住进了那将轻柔的枝条伸到我的窗前的柳树里
我才发现春天已经住进了那些红色的、紫色的以及黄色的花瓣中
只有这时，那群雀鸟才从一阵气流中获得力量
就像我在童年时，听父亲讲述的故事中
一张白纸剪裁成的鸟，被谁的嘴巴吹了口气
便在湖面上，在一棵柳树与另一棵柳树之间穿梭
有时，因为翅膀的拍打过于用力
而冲出了视线，然后又折返
如果雾再浓密一些
如果雾能从夜那里获得启示与力量
并将白色的边界推向我的眼睛
我又会获得什么新的发现？
当我说出，并写下"孤独"，并不意味着我真的看见了什么
星辰们裹挟着远古的光芒
先人的眼睛像极了黑色的宝石，深陷在黑色的眼眶中
他们一言不发
并没有说出我们所期待的启示或箴言

我们继续活着

在一轮轮的砍伐后，
从那片满目疮痍的山坡上，
站立起了越来越多背负着白色圆圈的树木。
那以白色粉末在树干上喷绘出的一个个不规则的圆，
它们是作为一种怎样的标识而出现？
而树林的深处，
我看到了另一些依然站着，或被砍伐后堆垒起来的树木，
它们身体上，那用鲜红的油漆喷刷出的
一个个刺目的叉，
作为一种已然，或即将发生的杀戮的标识，
哦，那在我们四周似乎越来越多，越来越密集的白色的圈圈，
那些幸存者，它们在这一刻的幸存是否是值得庆幸的？
就像我们继续活着，

就像我们因人世在这一刻的完好无损而暗自庆幸着。

不是孤独

不，不是孤独
也不是你所说出的悲伤
也不是你的心猛地被一种坚硬的利器
刺中后的那种剧痛
如果你就是那个呆若木鸡的男人
如果你就是他身边因持续多日撕心裂肺般的哭喊
以致这一刻的沉默仿佛压在每一个人心头的一块巨石的
他的女人
如果你们有一颗相同的心
你就会懂得，地球甚至是整个宇宙
刚刚经受了一次毁灭
那在池塘的堤岸上一字排开的
不是五条苍白的鱼
也不是五只小狗或小猫的尸体
它们是五个七至十三岁的孩子
遗忘在那里的身躯
他们曾有着一个共同的祖父与祖母
而其中的四个，三个稍微年长的女孩与一个九岁的男孩
有着一个共同的父亲与母亲
按照这个国家的法律
九岁的男孩与十岁的女孩本来不应该来到这个世界
和那个七岁的小男孩一样
（此刻，他的两个深陷在痛苦与自责中的姐姐依然活着）
他们的出现源于这块土地对男性子嗣的古老而根深蒂固的渴望
以及他们的母亲共同而近乎倔强的坚持
"再要一个吧"，直到九岁的他与七岁的他
成为这棵并不庞大的家族树枝上的最新的果实
如果不是这样一个致命的下午
那么，今天他们该已回到
从这里往西北两千多公里的那片更为广袤的土地上了
这里只是他们父辈的故土
而并非他们生活的地方
那个下午，他们是去邻近的一个村庄中
寻访一个新近结识的小伙伴
并一再向他们的祖母保证一个小时之后回来
在随后的几天中，他们在那个没有任何征兆的下午的集体走失
借着这个时代强大的网络与纸质媒体传遍了这个辽阔国度的角角落落
人们议论与分析着这五个孩子失踪的种种可能性
更多的人异口同声地说，这是一次惊天的诱拐

头条诗人

13

但五个已不年幼的孩子又会被藏在哪里呢?
而又不惊动周围一双双警觉的眼睛
随后的几天,报纸、网络以及电视画面中
充斥着一些可能含有迷药的糖果
以及在另一些孩子对一辆驶过那个下午而席卷起漫天尘埃的面包车
或者是一辆拖拉机顶上五个瑟瑟发抖的孩子的言之凿凿的描述
其中的一个女孩在不停哭泣着
在与那张摄于一年前的全家福的对照中
哭泣的女孩被指认是那个十三岁的女孩
现在看来,这些更像是一些善意的谎言
是的,谣言如此美好与温暖
就像他们那呆若木鸡的父亲紧咬着的双唇间挤出的
"我宁愿他们被拐走
我宁愿我们永不再相见"
但他们却在这个下午重逢了
最先发现他们的是这个鱼塘的工人
他在放水的过程中疏通那个比平日缓慢得多的出水口时
发现了七岁的小男孩
然后,受到惊动的警察发现了另外四个孩子
他们一字排开在堤岸上
再也没有认出那前来认领他们的父亲

凝 望

停泊在岸边的游轮割断了你与保俶塔之间相互间持久的凝望
保俶塔依然完整地矗立着吗?在游轮的另一侧
但这样的疑问并没有生成一种真正的忧虑
你的信心显然来自于那漫长的三十七年所凝固的人生经验
以及对那刚刚逝去的千年的想象
而记忆在多大程度上作为一种想象的结果与呈现?
或许,终将有一天,人们会忘记这样一个砖石的堆砌之物
就像宝石山上千年之中那么多曾经生长与消失了的花、草与树木
当游轮在一群新的游客的驱赶下,重新驶入那乍起的雾霭的深处
你同样可以把雾霭比作一艘乳白色的游轮
而那所有来自时间的馈赠都同样在生成一种新的遮蔽
是的,没有水,没有山,没有山顶瘦尖的建筑,
也没有那仿佛无尽的生生与灭灭
当雾霭渐渐消散,远处的山渐渐显现出一艘黛青色游轮的轮廓
那瘦尖的塔身仿佛是一根收拢起风帆的桅杆
而一次凝望真的能换得一次新的驱驰吗?你微笑,但不置一词

我们还欠现代汉语一次辨认

□泉 子

古汉语，或者说，任何一种语言的辉煌，都是经过世世代代的人们，以这种语言为通道对千古不易之处的辨认来完成的。这辨认成为了一种双向的成全，它在成全一种语言的同时，最终成全了那通过辨认，重新赋予语言以新的辉煌的人，以及以这样的语言为标识的一个时代。从这个意义上，我们这一代诗人，或者说，迄今这近百年中的一代代新诗诗人们还欠着现代汉语这样一次致命的辨认。

从另一层意义上，现代汉语并不始于1917年，并不始于这个所谓的伟大的白话文运动元年。波德莱尔所揭开的现代性，可能有现代汉语更为隐秘而确凿的基因。或者说，现代汉语更是西方文明这个父，进入了东方柔软的母体后，一个伟大的结晶。这无所谓幸与不幸，这是我们，是那之后世世代代的人们必须与之相认的命运。我们再也回不到那个单纯意义上的，处女的东方了。而我们的父亲是粗鲁，甚至是暴力的。它刚刚完成一次对这个世界，也是对自己彻底的，粉碎性的破坏。而在今天，它正与那被它强暴后的东方，共同积攒着重回完整的力量。

我是想说，我们今天已不可能仅仅作为一个传统意义上的东方人在这里说话了；我们的立锥之地也不再是曾经的，所谓地理上的东方，而是西方文明摧枯拉朽般，全面而深入地占领这个小小的星球后，有待重新命名的一块崭新的土地。

在全球化急剧发展，地球变得越来越小的今天，或许，我们终将发明出一粒微尘那无分东西南北的特性。或许，只有这里，我们注视西方文明时，才能放下将我们割裂，甚至隔绝开来的分别心，而不再把西方文明作为一个他者。这样的确认是重要的。这意味着我们已获得了一个更为可靠而坚实的支点，这意味着西方已不再作为一座大山，一个所谓的庞然大物的阴影而得以显现，而是我们脚下正勾勒出一个微微隆起的土丘的蜿蜒小径。这还意味着，我们所面对的不再仅仅是一种语言的困境，也是一个时代，甚至是世世代代的共同困境。这困境曾经属于过李白、杜甫，属于过屈原，属于过荷马与但丁。但他们又通过各自如此艰难的开凿，而为世世代代的人们奉献了历史的岩层上的一条缝隙。

而今天，这相同的困境再一次落在我们头上。今天，那曾吞噬下世世代代人们的历史的岩层正穿越着我们，我们是用一种新的喑哑来加深历史深处的黑洞，还是以杜甫、屈原、但丁当年相同的决绝，为自己，为一个时代，为此后，甚至之前的世代开凿出那被隔绝的蓝天，那幽暗与寂静的光芒涌入的一瞬。

这无疑是一次艰难的考验，它同样隐匿着巨大的祝福。Z

原创阵地
ORIGINAL SECTION

| 布木北 | 衣叶鱼 | 若柯段若兮 | 水桥刘梦吴重生 | 余千千关蔡永 | 杨康子 | 洛严 | 白正 |

一只鸟在黄昏飞起来（外三首） 布衣

一只鸟飞起来，在河岸边的草地
和下游的稻田之间。而一个吆喝耕牛的人
他戴着一顶破旧的草帽，无法看到这只鸟
飞过了他的头顶。但是，他的吆喝声
还是让这只鸟飞过他的时候，有了更高的弧度
有了翅膀拍动的急促
这时候，我在对岸摘菜
看到黄昏的光线有着适时的黯淡

乌 鸦

这世界，人人都说它是黑的
这是事实，无法黑白颠倒

其实，相对于黑夜
它也是白的

尤其是在阳光下，它白得
无比的黑，像一块
我们可以确定的光

雨 珠

我只要把手伸出屋檐，把手张开
它们就会被我捉住；在我的手里
它们已经没有了形状，也没有了色泽
而在青草尖上，或者莲叶里，青绿的菜蔬上面
它们就可以重新形成雨珠，仿佛
有一个召唤把它们聚在了一起
仿佛那些植物有了自己的灵魂

忽 略

春天，鲜花怒放后凋谢
我们伤感着，忽略了那些在春天
落下的树叶，它们都将变成泥土
它们都无声无息结束了平凡的一生
大地之上，一列火车按着既定的方向
呼啸着行进，试图摆脱一种固有的命运
时光则再次忽略了那车厢内被裹挟的人群
他们有的在中途下了车，有的因为无法确定终点
而一直待在那里，因为列车超速行驶
我们只能看到它们模糊的身影

语　言

（外三首）｜若水

很久以来我们被允许
使用一种语言
赞美那坚硬和抽象的东西

但是泡沫一再破裂
我们想爱
却无从可爱

很快我们之间出现分野
谈论报纸标题的依然在谈论
报纸标题，一脸庄严

我不语，起身
远离他们的桌子，为我的女人和孩子
寻找面包和盐，及
另一种语言

为此我不惜和流浪汉为伍
远离鹦鹉而去接近一只
天真的乌鸦
染黑我洁白的衣领

现在，我比一只浣熊更接近
干净的溪流

咆　哮

邮政储蓄所台阶上的那个男人
只管修伞
并不缝补雨天

丑妞超市台阶下面
卖杏子的女人，只管卖杏子
并不负责三月和杏花的下落

你的镜子只负责你
一次性的容颜，你走后它就
一直空空的

我冲它咆哮，但不打碎它
它有局限，我也有

消　融

冰雪消融。

海盗船运来金子、粮食、种子、花香
和一首诗所需要的每一个词语

沉默的好孩子要抱在一起沉默
忧郁的坏孩子要跳入刚刚恢复流淌的北冰洋
感受水的冰凉，鱼的光滑

之后是一个完全不同的世界
人类都获得了面孔
面孔都获得了抚摸和祝福

老无可依

我在云端种菜
我在床上练习跳水
我向一切动物学习钻火圈
我把死者安顿在树下
我把心脏调整到静音
我酷爱一张空白的脸，爱得冒烟
胜过一张空虚的脸
我还不能把热还给你
我不停地写诗自知老之将至

存其心

（外二首）余千千

天刚放亮，警车就呜呜呜的开进了院子。围观的
　　人说，
那位浑身肥肉的伙计，睡到半夜，被妻子一刀割
　　断了颈动脉。

围观的人群像一层层浓雾，
久久也驱之不散。

末日审判的长号在何地吹响？

更远处，山间，雾气弥漫，
白茫茫一片，面目全非。

雾中跋涉的人啊，
浑然不觉湿透了身体。

清醒的时刻

汽车停在半路
关掉了车灯。
垂下床铺的辫子醒来了。
嘴边闪着火光的烟头醒来了。

我们坐在路边仰起头看黑夜的云，
它的样子很诡异。
白色的云絮里躺着什么？

陌生的街道醒来了。
躺在马路牙子上的酒鬼醒来了。

一头驴子站在满是污渍的油桶边睡觉。
我们睁着双眼，
冰冷的异地还有楼梯上的星星
整夜整夜睡不着。

清醒的时刻会让我们想明白很多事，
亲近的事物会变遥远。
月亮是卑鄙的邮差，
它把我们寄给了无眠的夜。

山下的马

山风大起来了，
上山的路不断被指骨拉弯，
通往寺院的途中，人们和山风殊死作战。

这时候，要把马匹留在山脚下，
让夕阳在它身上涂抹鲜血，
让它在林子里歇息。而另一个受伤的士兵——
野生水仙卷起白色的裤脚，在马匹的前方扎下营
　　地。

马匹依然静静站立，
无视周围的一切，
它站在那里闭着眼做梦。

它梦见沉重的钟声像石头滚落下来，
落在它背上，
那些铜的声音催促它
向着自我的深处一直跑。

二手家具

(外二首) 杨康

在二手家具市场，在见不到
阳光的地下库房，旧家具堆积
如山。朴实的老板一再降价
听人说买二手家具是不吉利的
这张圆形的床，死过一个小姐
那个镜子，一个失恋的女人
哭红了双眼。这张凳子
坐过它的老人，因绝症逝世
车祸，暗杀，疾病，这些家具
曾经附着了各种可能，阴气太重
我犹豫很久，还是买了些回去
我将以诗歌为符，在夜深人静
每天给它们朗诵一些句子
让那些痛苦的灵魂得到安息

路 过

几个月前路过棕榈泉
这里的高楼还处于主体结构建设中
去年，这里还是一块荒地
刚到的民工正在搭建活动板房
而今天路过，我偶然
看了一眼。明亮的玻璃外墙
一下子就把整栋楼包围起来
我只能想到用现代，时尚，耸立
这样的词语来形容它

同时，我也想到了我的爱情
一年前我在这附近居住
和她恋爱，争吵，做饭，散步
然后分手。剩下的时光
我仍然一个人住在这里
游荡，想念，回忆，无所事事
有的时候也会在深夜大哭
直到几个月前，我搬走了

今天路过这里，原来的荒地
已经耸立着一栋熠熠生辉的高楼
内心有一种久别重逢的失落
这更像是我爱情的墓碑

城市里的树

节日临近，城市里的树
被挂上各种绚烂的装饰品
一棵树能够生长出彩色的灯光
也能够结出大红灯笼
一棵树的悲伤在于，不能
随心所欲地生出些绿叶
以此支撑起一片蓝天

枝头的鸟声，稀稀疏疏
多余的枝条被修剪掉了
根已经无法紧紧抓住大地
城市里的树，按照人类的思想
一步步艰难地生长着
每当此时，在这个城市
异乡人的身份让我更加沮丧

远　方　（外三首） 洛白

桥下的波浪叫作远方
那些置身晚风的人发出微弱的轰鸣
雕像流泻着无眠的纪念
大江把一切承当
月光逃逸到草尖的梦里
眺望——
曾在教堂旁祷告
带走一地的白鸽
你把那江中摇晃的陆地唤作江心洲
那里的葡萄园很美
那里啊是不是远方

莫妮卡

小镇里的莫妮卡
在分娩中，

她带来绝望。
贝壳、风暴和水，

只是空洞的容器。
等待被盛放，

或者赤裸着自己。
金黄的泪水，

溢出时间的黑。
轻轻走远，

莫妮卡永远不回来。
她的肖像曾被闪电光顾，

死亡也许是一种温柔的款待。

鲶　鱼

雪的召唤。灌木丛中伸出一双忙乱的手
佛珠如低悬的星星。更多遥远的事物在孤山中滑落

我看见天上掉下来好多东西，比如：
河流、玉米和爱因斯坦，以及一些浆果凶猛的叫喊

雪

未落下时，已然在心里开始逼近。

这盛年的雪，孤寂于高空，
不肯轻易面对时间。

盛一碗雪，向孩子们扑去，如果你们
依然感到幸福。面向北方

人们显得空旷。雪覆盖过往，在未落的时候
已经存在，上升到内心的高度。

与黑暗对抗，与一切黑色的事物隔绝
伸出尖锐而明亮的美学翅膀。

它落在命运的屋顶，阴沟里。
使贵妇的脸通红，同时向着穷人进发。

立于茫茫，万物沉默不语，
任由这炫目的白。这迷人的方式。

到处是脚印。我们来自哪里？
纯粹的美过于残忍，又带来洁白的变化。

火车在喊叫 （外三首） 木叶

火车在喊叫。一定是它的鼻子
嗅到了什么，要么熟悉，要么
陌生

火车蜷着身子，在离我
不近不远的地方喊叫。我莫名其妙地
被感应

我也想喊叫
好像这列火车，晃荡晃荡地
开进了我的腹腔

刚日与柔日

他不能对此做出区分，就一份工作来说，
每天都是八小时。从上午，到傍晚。

心情不够好，但这座城市不管，股票的指数不
　　管，
它们都莫名地跳荡，也不会分出，

刚日与柔日。只有
大涨与狂跌，或者无休无止的疲软。

疲软贯穿进了每一个角落，但仍然到处是希望，
　　到处是拯救，
到处是无可遏制的溃疡，彼此辩难。

和谁对质？往古的先贤都出自杜撰，
此刻的真实里，杂志在出版，会议在组织，我们
　　共同涌进，
无法将彼此辨认的电子屏，
人工的温度与湿度，商场。

叩苍茫

我们在月光下兀自对谈，马术、堪舆，注与疏，
　　米芾和颜柳，
事关一条条河流的基本走向。

古人若星辰，在我们的头顶上，偶尔因为光线对
　　于光线的遥远，互相敬重，
反射中，闪烁出亮度不等的光芒。

才转身，你已经走远，留给我，
大团大团，难以卒读的，淹没楼宇的蓬松雾霾。

只是一首诗

只是一首诗，生活的手无意打翻的
一杯牛奶，蠕散在鲜亮的桌布上
沿着微凹的褶缝　渐渐低落

只是一首诗，它们都顺着不为我知的规则
独自运行。有时候惊扰我，有时候
偏偏又不告诉我

让我时而成为了一个
目瞪口呆的局外人

团下81号

（外三首） 柯桥

不再会有人记得了
那个垒墙盖瓦的人走了
那个给它编号钉牌的人走了
那个升起炊烟的人走了
在门口劈柴的人走了
在里面痛哭的人走了

蜷伏在夕光中
雨水会给它最后一击

光阴慢

大地的光阴慢
白杨树上的最后一片枯叶
增加了枯叶的厚度
一个老妇在屋后的山坡上终于砍下一截枯枝
她已无力让木屑飞溅
但她缓缓拖动的干柴
在大地上扬起了尘土

走马陂

走在上面的人越来越慢越来越少
慢慢地走进了四周的山坡
慢慢只剩下空旷的大地和慢慢扩大的裂缝
风一吹整个天空更加孤独

谷 雨

写下谷。就会想到
那年春天父亲扫出仓底最后一担谷子
准备到圩上换钞票给我缴伙食费
在把谷子从楼上搬到楼下时
沉重的谷子把父亲的腰压折了
父亲在床上躺了两个月
我如期收到伙食费却不知道父亲的痛
写下雨。一场大雨就劈头盖脸地倾注
在大雨中接到父亲病重的消息
在大雨中赶回到老家的人民医院
在大雨中父亲被抬回家的救护车
这场大雨止于父亲离开村庄之前一刻钟
感谢苍天终于肯让父亲体面地谢幕
关于这场连绵大雨，我信母亲的：
那不是雨是老天的泪
我信母亲的：它要替父亲
最后一次洗净天空、白杨树和门前的草地

早安曲

(外二首) 刘梦

清晨,在关着窗户的房子里
他还在睡觉
窗帘挡在他和白色的梦境
之间,一个方形替换了
从他的呼吸中掉落的
一片伤痕

头脑是黑暗、狼藉、辽阔
有时候月光会悄悄穿透玻璃
照亮走廊的地板,亮斑——
身体的斑纹——玫瑰——
岩石
岩石的玫瑰

睡着了的人仍然吻我
吻,让他闭着眼睛
吻,除了在这床上
其他的时间,别的事情
都不再成为必要

她

她在睡着。像往常一样。她呼吸。
像往常一样,她吞咽一口空气
接着在黑暗中无声地走出
她的呼吸不会停止

好久我听着她,我向黑暗倾听
她是自然。她是
新鲜的河,她是
河的身体上秘密的芳香

生命在她的身上似乎仍然是透明的
沉静并且安全
要是她丢了什么
她也能把它找回

多么卓越,这天生的才能
似乎早已将我与她,她与众人分开
她就是完美的体现
她本身就已做到

她发明,她收割,她懂得爱人
她是爱的争夺,和遗留
而我紧挨着她,沉默地把额头贴着她的脸颊
并伤感地握住了她温柔的双腿

蔷 薇

从它的手上摇下叶子
看到这个世界的清晨
从它肩膀上失落的花瓣
这是个傍晚
卡车停在路上
出发装在车厢

话语在瓶子里卡住
就在它的某个位置
一句告别
使它变得透明
时间的玫瑰伸到它的底部

开花就是别离
所谓的美丽的事物
也是恐惧的深渊
我想写一封信
我想看一场烧毁的大火

我要在信的背面填上一个
无用的名字
我想知道谁在火里的死亡
所有没有被我栽种的花
在夜晚离开没有人会看到

暗藏的法律

（外二首） 关子

命如枯枝落地。把指望交给沉默
闪闪烁烁的影子在辩词里
不安的事件倒悬

星空下。一茬茬的头颅
脆而弱，茂密
我们讨论过割草这样的话题

不止一次，那引起尖锐和心悸的
动作：割。在头顶上空
等同于神谕

我们这样倚仗
舌头和嘴巴
眼睛看着彼此，眼睛蒙上云翳

澄明不再是澄明
除了仰望，我们还可以做些什么
一阵风过来，一阵风过去

黑色池塘

在草屋顶房上飘着的云层
对应着沼泽地的黑
停在它们中间
想象他们的笑，想象他们经过此地时
身上色彩缤纷的颜色

惟有一人
"爱你日益凋谢的脸上的哀戚"①
这样的哀戚
在远离他们那样的时代
在下午四点钟，落在宽阔的广场上
鸽子咕咕经过
黑啤在路边酒吧的桌上
泛着朴质的祝福
万福玛丽亚

玛丽亚，你的眼

在祭台上
他们被关注
他们的父母家人永远不知道
无关的人
让世界保持纯白

现状好像
阳光会继续
纸巾安于庸俗的擦拭
玛丽亚，你的眼

被制成干尸的十三岁
被喝下的敌敌畏
被发酵的腐烂味
玛丽亚，你的眼

---

① 引自叶芝诗句。

自由度

（外三首）严正

剥成裸体，坐在椅子上
栅栏不高
木桩上挂着衣服

可以禁止的东西：言语、钟摆
颜色、逻辑、签名和手
杯子是空的
苹果锈了
你熟睡成橘红色

居 住

我渴望过一种
临水而居的生活

镜子、梳子、暗淡的短发
时间没有堕落

我渴望一场雨、灵感和鞋
一群蚂蚁背着粮食

墙里墙外
地米菜开着白色的小花

火焰的涂写

这一夜贴着下一夜，你能记得什么
椭圆的碎片，熔化的灯丝
闭上眼睛，你认出我从遗像上滴
下时的形象，我手的喊声隐匿
在皮肤下。在你动作的太平洋
你醒着，像爆炸的闹钟
像发育结束不了，我坐着
这一夜贴着下一夜，这一夜也是你过的。

久病初愈

醒来时阳光照在玻璃上
楼下嘈杂
偶尔传来鸟鸣，车声，和沿街小贩的叫卖

很久了，我有懒洋洋的胃口，如同折磨。
如同弃。
如同一根漫长的，深不可测的麻绳。
没办法，
我怕死了你们。

我想种一棵苹果树 （外一首） 北鱼

我想种一棵苹果树
从一粒种子开始
每天看着它
丝毫感觉不出
它一天天变化

我想和阳光一起分享它的健康
和蚯蚓，蒲公英，石头
和它周围的一切
谈谈它每一片树叶的晃动
还有土地，它的母亲
我得感谢她，并且说声对不起

我的确种下了一棵苹果树
但我只是一阵风
那种一次只逗留
一两天的季风

我害怕它忽然长成大树
错过少年推开窗户
喊出它红扑扑的名字
我想劝它，不要那么快
结出果实。但是我知道
它总有等不及的一天
少年品尝它完整的青春

而我也将步入晚年
我的确种下了一棵苹果树

但我不记得
为它做了什么

在少女的房间里抽烟

我不抽烟
但我在她的房间里
就像我没有房子
但我保存了怜惜

我怜惜那盏挨近床头的灯
在一层楼，经常不分日夜地工作
我怜惜靠着墙壁高高叠起的书
最底下那本，快要哭了
我还怜惜前租户留下的粉色小熊
一件不太爱说话的旧礼物
如果她不反对，我还可以怜惜
一些别的事物
但是，她拿来一只碗
用来掐烟头，用来挖出我的心
我想回到刚刚怜惜过的厨房
四年来第一次，为她生起火

蓝色的，跳动的，长发一般
可以握住的
"你看，我的房间里没有少女
——请帮我点根烟"

祝愿你死在夏天 （外二首） 段若兮

你就当自己死于甜蜜的唇
死于过于灼热的吻
死于有毒的美酒
死于挫骨扬灰的相思
死于别后天涯的拥抱
死于仇深似海的缠绵
死于粉白的肚脐
死于鼓胀的胸

我要做个庸俗的女人

这腰身一定要变得粗壮
不再有杨柳的纤细和媚
不再牵扯热的目光
这乳房也要干瘪　下垂
像春天被腾空了所有桃花
这双手也要变得粗糙
不再触摸丝绸和风
只日日洗涤碗筷
和衣领袖口的油污

从脾性中抽取一些软糯
再抽取一些风雅
打骂孩子又抱在怀里哄他
嘴唇里说出的话也将是
干燥有冲撞力的
适合去菜市场讨价还价
适合和对街那个肥硕的女人
为一只鸭的模糊死亡而对骂

坐在窗帘的阴影里
计算水电费
关心晚餐和菜价
不穿高跟鞋
不研磨咖啡
与所有涂抹口红的女人为敌

让皱纹和白发过来
我们围坐在葡萄架下
说说南坡上高粱大豆的长势
让半生日月归来
让满堂儿孙归来
我们用大粗瓷碗吃饭
让目光浑浊智力下降
不读任何一首情诗
让男人习惯我身上的
葱花味和油烟味

受 雇

那些女共产党员很坚强
皮鞭落在她们的肌肤上
血肉在特写镜头下开花
电烙铁落在她们的身上
她们没有说出战友的名字
我却因假想皮肉烧焦的味道而掩鼻
竹签钉进手指
她们嘶喊晕厥
男人扑倒在她们身上
要她们的肉体
她们没有暴露组织

如果我是她们
皮鞭落下来之前我就招了
电烙铁烧热之前我就招了
竹签钉进手指之前我就招了
男人扑过来之前我就招了
我一字不差地供出了战友的名单
联络地点和接头暗语

我可能会被杀死
带着叛徒的耻辱
也可能会被放出来
带着一个女人的罪恶活着

致好运街

（外二首） 吴重生

一排朝露加上两声春雷
轻易换取了整个春天
我上街时，阳光托举着你的身影
那些在枝头展示梦想的花树
正在等待飞鸟摸顶

好运街
梦想在出发时遗落了一个祝福
春风悄悄地将她填充
虚掩了一季的门，敞露颗粒饱满的诗

我知道你很富有
一万亩森林栽种于你的屋后
你可知我站在星空下赞美你
伸出双手，迎接每一次邂逅

三月，我在你的港口停泊
北方的柳荫掩护了我的唐突
你的花期正在去往理想的路上
盛开时，忘记了流年

你的江南似乎没有姓名
落日在传说中溶化了地平线
举头仰望
北京的天空有些潮湿
星的种子开始萌芽

谷雨时节，许多脚印在排队

四周都是海水
岸在何处？
红叶飘飞在记忆之外
给我一朵浮萍吧！
晓莺飞过，整个春天苏醒了

烟花三月下扬州的季节
北方以北，钱江潮汇聚成海
柳枝沾满金色的甘露
你洒落一朵火焰
点亮我心中那个遥远的草原

谷雨时节，许多脚印正在排队
春天派出一条星河
让它沸腾成满天的繁星
羊群在苍穹下列队仰望

我知道北京的夏天总是营养过剩
东面风来，我的岸处于失重状态
心房的右翼
许多摩肩接踵的阳光
在等待认领

炊烟你且慢升起

我的故乡在三千里地以外
你一出现我就会失忆
只记得从前
我一遍又一遍搓洗那些发黄的梦境
目光却停留在你的鸣叫声里

炊烟升起时我叫它且慢
因为候鸟正在飞来路上
炊烟正从你的土地上升起
坚实而丰饶　一如我手背鼓起的山岗
当所有的炊烟老去
我选一段青紫的岁月
藏之于专属于你的荒野

落地无根

（外二首） 蔡永

疾射的箭没有足
只有风能追上他的脚步

飞驰的马没有翅
只有云能抓住他的掠影

怦怦跳动的心别无所有
向着你的胸膛狂奔

他们在空中电掣雷行
老去的光阴有始无终

一切呼喊都涌上人潮
落不了地的是声音

一切相聚都历经艰险
落得了地的是浮萍

这都不是我的

逢山开路，遇水架桥
吃进村庄，吞没炊烟袅袅的呼唤
吃进坟墓，咬走迷恋书生的狐仙
吃进石头，啃碎炼化先祖的舍利
吃进树林，嚼散懵懵懂懂的约会
推土机，胃口好
拉出楼房、马路、霓灯、钞票
这都不是我的

我有一瓢冷酒，浇透双眼
逢山开路，遇水架桥

从没见过的

来的人都说
从没见过这样宽阔的湖
他们以为，这样宽阔
就是肥胖
他们为湖瘦身
填湖占水，削去港汊

来的人都说
从没见过这样自然的湖
他们以为，这样自然
就是粗放
他们为湖造景
移花接木，营造繁华

来的人都说
从没见过这样纯净的湖
他们以为，这样纯净
就是简单
他们为湖添彩
杜撰身世，编写神话

再来的人，一定能看见
从没见过的湖

实力诗人
STRENGTH POET

郭毅
陈广德
王琰
那曲目
风言
公然
呼岩鸾
艾蔻
李永才
沙克

郭毅 的诗

GUO YI

遵义会议旧址

从瑞金到遵义，领袖已换了几茬
一路的色彩，弯曲，汹涌、澎湃……
都在参观，都在倾听
用心的嘘声向万物问安，道一声好
但别忘了扩容的城镇、乡村
几步之外的红色长廊
在俗尘喧嚣中明确的方向
不必客套，礼貌可能会将他们打扰
他们的会议正在高潮，一语破出
就有迂回的山水，深深地抬高
肃立吧，去查询英雄住处门窗飘升的烟
为什么总在蹙眉间萦绕？吱呀一声
硝烟和子弹也有了挺身的力量

你可以说他来自韶山，用湘语敬一枚辣椒
最好备一盒烟，与他分析形势，谋划未来
当然，你深爱他。当然，他天生如此
当然，你得佩服。当然，他举世无双
当然，你得挺直腰杆，回到他的智慧里面
不要在乎手机没电，你用照相机、摄像机
也会留下更多。是的，他和他们不仅仅是战友
伴侣、同志，他们在每一次合唱中
都中流击水，巨浪擎天。路还很远
你得坚持四渡赤水，爬雪山，过草地
与每一场较量对比精彩，直至延安、北京
如果累了，你最好学习他们，歇一口气
再与敌人周旋。是的，二万五千里长征
岂能轻易走完。是的，人生的每一站
你得信仰一个方向，保持恭敬，向他们致谢，问
　安
才能看到一天更美的一天

四渡赤水

这被云贵高原拽紧的小指，没有风湿病
它在习水和泸州的酒香里，撑起的红色脸膛
已近百年，现在终获回报。新开辟的成自高速公
　路
一直延伸进它的心脏，依然能见奋勇的士兵
在逆流里撑船放枪，机智地把敌人甩向很远
安详的服务区，如战略上的标点，在战术动作里
故意把旗帜插得很高。因为雕像永恒矗立
有几把大刀、长矛，斜挎着美好的光芒
在他们凝固的神情里放飞歌唱
玉米，核桃，小鸟和蓝天上的鹰枭……
一律在信仰的路途，无声地庆祝自我战胜的力量
只有峡谷的流水，在两岸纵深的注目间
发出冲锋的嚯嚯鸣响。嘘——不要去打扰
让他们安静地复活，升起，像那几天的迂回、重
　返
沉浸在胜利果实的怀抱。我在他们中间行走
观景，听水，他们用硝烟、炮火……接纳我的到
　访
当我肃立时，我热泪盈眶；当我离开时，我回头
　再望
一些自驾游来的帅哥、靓女，正在雕像前拍照
有的左脚站在水里，右腿张开融进了风雨
有的裙裾被河风撩开，有的低头焚香为他们祈祷
那石刻的竹筏站满前倾的勇士，河水溅在他们的
　脸上
湿漉漉地，像溜滑的青苔冲撞着波涛，一眨眼就
　跃出了堑壕
而我，穿一身短衣短裤，不像一名上校
我和他们竞赛着，那水也不是百年的水
他们的意志超乎寻常，他们的睿智超乎想象

我多想在他们的庇护下继续前行
再过一百年，也如此幸福、美好

黎　明

一切尚在安睡
我的刺刀划破的天空
突然从虚弱的时刻醒来
我一定听到了父兄满身是血
提着敌人的脑袋，推门进来的响动
或者，他们一定听到了我
领着队伍在林中休整的鼾声
一挥手就削掉了黑夜
高山，草地，甚至这个时尚的世界
甚至一滴水，一块冰，一只蚊子
一个睡着的密码，一台安静的手机
此刻都心动起来
蠢蠢欲动的尾巴，一下，两下
慢慢就开始摇曳
起床，出操，喊口号
像是军旅剧中碰到的惯例
从此沸腾似火
对接了一台台高涨的情绪、情节
这热爱着的日复一日
像有锤子在锻打
一朵朵喷溅的火焰
不仅属于我
也属于大大小小远远近近的天空
两两相向，对垒，对决
一切终于变得从容、顽强
此刻，明净晴朗的绿
在我的眼里，在微风和煦的舞台
粘着尘世的光，站得辽阔，挺拔

当枪伤再次擦过

这个早晨，蝉鸣的高度再次抵达
晨曦是片带血的军衣
他在梦中，一个趔趄，又一个趔趄
撞开我的心门

突然醒来的我，被窗帘的漏光

击得七零八落
像他昨夜亲临的战场
在一声接一声弹药的爆炸中
忽地亮起，又迅即暗去

他的美丽有着呛人的血腥
那卧倒的部分，永远睁不开眼睛
即使艺术让其复活，他也身在其中
敏捷地穿过色彩和隆重

他住在我的心里
从南方到北方，从东方至西方
不在南京、上海、广州
就在北京、天津、石家庄
就近的成都、资阳、眉山……
处处洋溢着他的铿锵、豪迈

他不谈恋爱，不做生意
不谋官篡权，不住别墅
他只打仗，只在敌人经过的路上
埋下地雷

他不仅在我的梦中
他的每一步、每一声、每一点
甚至一声哀叹、惋惜
一个稍稍放松的鼻息、笑容
就是历史和现实
在未来不可避免的行动里

靶　场

不会是鹧鸪散落的羽毛
在对面山崖的白杨树梢站住的白吧
它的飘降，舞动着湖泊的水花
也不是我的愿望吧
那天，我第一次扣动扳机
我根本看不清前方有什么，我颤抖的心
和无措的手，沿着靶外的洞孔
与我眼里迷失的一大片空间
不知道在做什么

天空残碎的血，一次次召唤着我的步幅
我又一次回到靶场，掂着手里的枪

是的，我曾在这里打过靶
在这里，我和年轻的自己
将子弹射进白杨树的内心
现在，它的枪伤早已愈合，伸开的华盖
已不是半空的苍翠，它已经护佑了更宽的世界
挨着长高的小树苗，保持住安详
平静如湖泊游弋的鱼群，在水里拽出风声

我看到我的倒影，扭曲的面容
减矮的身段，显得如此卑微、邋遢和糟糕
头顶的天空，却如那天的远望
没有遮拦，在远方的哨位，看得更远
不就是一只鹧鸪吗，它飞得那么低
能够碰到我跑偏的弹道的确不幸

我抬起头来，一只来自雪地的鹧鸪
真的就在湖泊的中间，在那株白杨树的摇曳中
将我的眼光带向天蓝的白云深处
我听到鹧鸪的唤声，在展开的羽毛里
又飞到我的枪口中间
我赶紧移去准星，我看见它的羽毛在光中
一闪一闪，真亮，真平静

冲　锋

一路冲来，我丢失了许多东西
比如，西北高耸的黄土和山脉终南、祁连
滚滚东去的黄河，和营房里一茬茬变新的兄弟
蓝空里的鹰和一排排南飞的大雁
草地上的牛羊，以及被风拔掉的雪样的山花
陕北的信天游，青海的花儿
演习作业的五七高炮，那轰轰的亲切巨响
还有被高粱、小米磨粗的胃，支撑起来的骨头
那粗犷、豪迈与辽阔卷裹着的热血和心
越来越模糊，愈来愈浅淡
我真的会在这繁华的尘世，如他们所说
走一路丢一路么？高位上的炸雷
一声声抬高的闪电，已把我肢解到七零八落
有的在人生的河流早已不见了踪影
有的却自由地停在两岸
从一棵小树长成了华盖
我能听见喜鹊的回应，从黄鹂鸣翠柳的方向
捎来的欢乐和宁静，真像他们生活的欢歌

只在我的守望中，才会看清深处的真实和沸腾
正在冲锋的士兵，也许无暇顾及
但无论走来哪里，哪里都有他们的故乡和亲人
都会听见人们在谈论战争和正在冲锋的人
多么幸运，几次转战，我都没有被子弹洞穿
四周的安宁，飘起的民谣和炊烟
被国土周边的传来的几声枪响搅乱
但它的飘逸，宛如一条弯曲的跑道
总是那么叫我放心，让我坦然
那看不见的硝烟，正如我一路的丢失
总在梦中，伴着号声，迎着敌人
被横扫得干干净净

与枪口之间

我和你，是真正的朋友
我知道你的肤色、情绪、态度……
和沉默胸脯里至高无上的荣耀
也知道宠辱不惊，在花朵与风雪间
已发生和将要发生的事情
尽管我白内障的眼里已浑浊一片
我仍然乐于为你擦去嘴角的灰烬
为另外的口舌预留一片清洁的空间

我这里珍藏着你的请柬：
宣言，胆识，气魄，每一个特定的时间
都不是一纸无效的遗言
你用光芒和身躯将我镀满
用硝烟和呐喊为更多的人生助阵添威
也是静静的一方风云
我和你，都能对视各自的旅程
不说，也能依偎出角度的温暖
譬如，关于方位的走向
或者关于错误的调校，再迟一点的后悔
再深一寸的惋惜，至于不同的意见
或有关生死的问题，你我毋庸置疑
也会有个正确的结果，在天地之间
我和你，没有多余的言语
每一句，都掷地有声，光彩呈现
特别是在夜晚，你总是用身体为我壮胆
让那些出没的小鬼，在仓皇的逃遁间
使欲望胆怯地隐蔽和离开

陈广德 的诗

CHEN GUANG DE

空瓶子

花儿缺席。对凋谢的理解
不排除欲念的接踵。
在案头的某个时段重复久违的
场景，盈了还空。

——原本不空。土或石的
等待，曾是种子的眠床，却在
焦灼中脱颖而出，
朝圣一样，旋向摆脱过去的
膨胀，或者上升——
在空灵中儒雅，
去火光里，曲线玲珑。

……可以吸吮。空气用战栗
完成对飞升的研究，
不为人知的底部有着响应的
含意。此时无语——恰巧
吐出了乐声：不过是对于自己的
挖掘，对于充实的渴望，
以及关于肌肤
在凝视中的洁白，或者
透明。

——接过那点秘而不宣的意蕴，
碎了，也不轻易消融。

花儿开

以过渡音的方式把蕴藉的力量
送上枝头。此前的一切准备，
突然亮出了羞涩。

读书声响起。稚嫩的节奏里透着
柔弱。由深向浅表处的
涌动有了铜质的悠扬。一种放纵
在天性的引导下摇曳生姿，
跨过原有的禁锢，微风中的喘息，
是欲飞的香对未知世界的
一次探索。

蕊用颤动展露欢快，蝶翅的
抚慰补偿了此间的余波。那滴露，
在春风里圆润归来，顺利地
完成了一次辅佐。

道

有人在粉墙黛瓦的身旁，种下一棵
叫作道的树。大树。
以至简的姿势，摇曳透明的
枝——引诱日月栖息。

一些光沿着道的边缘自由来去。

向上的伸展，是经典的汉字把游历
得来的露珠孵出了鸣叫。
被叫醒的清晨牵来那些可以高远的
风，以及在风中信马由缰的
河流。照得见道的故事，和故事里
一尘不染的玉。

循守道的痕迹飞来的，还有鹤。
衔着途径，把一些闲云做成幌子，
标示可以耕种的田，

和巷子里的酒。在天色渐晚时分，
讲述想要的暖意。

越来越纯粹了。就有那枚叫作
德的果子，在树上结出一串清丽。

今 夜

今夜，房间里的那一小抹光亮，
就是我。就是我的守候
和凝望在暗夜里开放的花朵。

意意！如果你嗅到了一丝芬芳，
那是我的心香溢出的
爱恋；如果感觉出一点暖意，
那是我的激情放射的热望，
和寄托。

夜深了。就像我在静水深处的
秘密，一样有着
温润的甜蜜，有着战栗的诉说。

不能回味也不要说破——
在黎明的枝头上悬挂的那串绯红，
是我……

物 象

谁在陪？去流水的梦境里栽花的
人，一抬头，有远眺挂上了
鸟鸣，母语中的树，就在深深的
人世里，隐约可见了。

一朵云端坐在感觉中的厅堂。用
开花的咒语命名那些
盘根错节的影子，江湖上的
时光随之明亮，一些事物悬浮在
空中。

一枝一叶在漫不经心中成为物象
或物象的背景，摇曳是一种
美，静止是另一种美。

已经逝去的，也许是已知
和未知之间的纽带。
那阵风在转弯的时候，不小心，
把一片云拧出了水。

世间的一切，在内心，都留有
或深或浅的痕迹。
为之静观，不失为一种
智慧。

归 来

用一两片羽毛的温暖回望已经结霜的
叶脉。人世间的火苗，仍在
飞鸟的弧线上
鸣叫着，等待一座座青山不倦的
迎迓——

我回来了！在湖水安静的表情下面，
是谣曲在歌唱之前的充盈。
其间的鱼群，在回游的涌流里
也有过一丝丝慌乱。

——交出的云卷云舒，是否还有
当年的香，和勇敢？

还不能老得太快——山河明亮，
我要把余下的时间
节省着用，抹去冬眠的斑斑
锈迹，让萌发的青枝绿叶
以遒劲作骨。
让湖水带走摇曳的姿态，在
可以回望的光色里——

有我深情的呼吸，和呼吸里不断
波动的故土。

邂 逅

然后是玫瑰。五月们一页页展开
可以纵情的那瓣月。管弦
齐鸣。羽，再美一分就成了

裘。一匹快马，涌动
千种沉醉。

水袖三千里。蝶翅上的花纹
误入卷帘，不见不散，
又不露声色，让一种力，透过
纸背。

——停不住了，曾经的歌谣
绽开在矜持的花径，短笛
划破幽深。铺天盖地
而来的，是忆，透过绫绡
绕着梦回……

只有一袭青衫的我，在你面前，
抖不开折扇，
依栏，藏半袖谦卑……

遗　梦

也如礁石。七夕夜摇不动你
窗台上那一小片月。在你
身边，那杯茶升不起袅袅了。
犹如一幅画，一幅唐朝的
水墨。

天各一方。我一次次
吞下自己的影子，直到西风
瘦。直到你的泪痕，
托不住一屏屏短信。江南的
山水，贴上了长亭短句，
用烟雨模糊了承诺。

你深巷的腰肢，斑驳了
老墙咽不下的归途。不相忘，

我如银的鬓发，是隔年的诗书
在嗓音里的哽咽。

——遗梦。等月圆之时，我
能把这些字画重新装裱，一帧帧
圈养起来么？

彩石湖生态公园

可以撷取的，是清风里的香，和香里
饱含的月光——让我的每一次
重逢，都如初相见。

一朵水红的云。在你面颊上升起的
还有没说出的话语。有只雀儿
尖叫着飞开，掩盖了此时的慌乱。

把宋词里的微凉溶进那滴露，
不动声色。一不小心，透出了赏心悦目，
让天空高远。

比起眼前的小路，我不够幽深。
对照那丛紫薇，我不在原地——
听丝竹吴歌，心旌里，依然有花枝
抖颤。

那片浮萍，一如耳语，告诉我
门内的清秀。苔藓也清秀。身外的
雨声选择了敲打，试图把留白的
姑苏，搬迁到林间。

在公园的小桥上，我把临来时采摘的
那个字，连同你——那瓣
可以生动的羞涩，一起系上桥栏。

王琰的诗

WANG YAN

如果我只能用半个身体爱你

如果我只能用半个身体爱你
那么我选右侧
用我右面的心脏,所有的心房和心室都装满你
血液涌上我的全身之前都要温习你的名字
把你关闭在我的心脏里爱
牢记,要牢记我

用我右面的肺,想你想到呼吸困难快要窒息
高原缺氧,脸上有红二团的爱情
用我右面的骨骼,它们支撑着我全部的信念
把每一次都当成最后一次
完全忘记我自己
用我右面的手臂
如果你不来临
我永远想不起拥抱

我用我的右侧生活
我忘记我的左侧,每日粗茶淡饭
只要活着就行,如果你不来临
我将忘记我的右侧
只有一只手臂也够用了

现在我要紧紧拥抱你
抚摸你辽阔的前额
亲吻你低沉的嗓音
并与你做爱

左面加右面的身体
快活成一条鱼
鳞片一片一片剥落
我还是要爱你
我凄苦的一分为二的身体
用我没有装饰的身体和全部的痛拼命爱你

我用半个身体爱你
我只能用右面爱你

此 刻

此刻你在长大
我看着你
看你读一句完整的诗

我守护着你
守护的时间就是幸福
沙漏一样的幸福
说溜走就溜走了

这世界对我们来说好极了
太阳在你的身体里长成了血液、肌肉
还有骨骼,桌上的橘子核,变回橘子
你天天洗头,长大了,爱上和你一样灿烂的人

我安静地在拐角处
远离这一事件的发生
我修复旧家具
并用余下的时间学习考古

写给Z

我是地道里的演唱者
一个人寻找共鸣,遇到的人越多越孤独

我当然希望结婚
与我最爱的麦克风和吉他

我的爱越来越旧
麦克风哑了吉他上的蟒蛇皮裂了

我要歌唱着告诉谁我的体内有了孩子，黄豆大小
　的孩子
我给他取名叫黄豆芽儿

低垂的遮光窗帘
总是夜晚

现实如白炽灯刺眼
换一盏，你的脸是暖光灯的柔和

我学着一直缩小，和黄豆芽儿一起
安睡

写诗的夜晚

没有睡眠的房间
空空荡荡
月光洒下白银
我把这财富
一并写进诗歌

诗歌外面
一株狗尾巴草比生活还高

梦见你

梦见你
很家常的聊天、散步
没什么特别
其实这就是我所有的期待
没有别人
只有我们两个

读书、洗衣裳、煮饭、饭后开门窗通风、一面嚼
口香糖一面泡茶
我们同出同进
提着牛奶或是买了菜
我们一同生活
没有要打招呼的邻居
你的面庞清晰
清晰得如同醒来

醒来只有我自己

出　行

坐上火车
你是我惟一的目的地
每一根铁轨都是琴弦
震颤着奏响

我用骨骼爱你
用加速的血液爱你
富氧的空气
每次见到你，我都会呼吸困难

但愿我可以用炙热的双唇
表达欢喜
我斋戒沐浴远离荤腥
以便见到你时可以吐气如兰
我瘦细了的柳腰柔弱
你是春天

火车啊，请快快奔跑
诗啊，就要回到热里
心啊，地底的煤
掘出地面，就是一团明火

火车站

我们的家在火车站旁边
火车的奔跑让日子快了起来
黄河水提灌，皋兰山长满树木
郁郁葱葱的生活，左手和右手博弈

火车拉着日子奔跑
我们拥有共同的眼睛
并共用同一个心跳的频率
我们的生活里放一面镜子
当我向你伸出左手时，你就向我伸出你的右手
我们没有钻石
用不着用它切割我们之间的隔阂

所有的绿色都在大地怀里起伏
除了拥抱我什么都不要
低矮的窗户是窥视的眼睛
非典也挡不住
你遮着口罩吻我

凌晨六点，念诵《古兰经》的声音与鸽子一同准
　　时起飞
我们也又一次一同起飞
我身体里的地雷等你引爆
而你完好无损
我们有了自己的房子和钥匙
我愿意把你的名字刻在门上
擦亮你的皮鞋
打理你的生活
并在名字前贯上你的姓，叫某王琰

我伸出手、手臂、身体和整个的我
它们坚实而健康，如一张大面额的存单
我轻而孤单
我把它们全部交给你
你就是我的银行

降息、降准、融断、股灾
非法集资让迟到的雨也变得可悲
火车快跑
我已经过了中年

黑　夜

黑夜隔开星星
你渐渐清晰的脸庞
温情

黑夜适宜减法
除去衣衫卸去浓妆
剩下身体的诗歌

黑夜
是对我的奖赏

正宁路

一条马路夜市
夜晚当作白天
钟表从12点重新旋转一周
周一、周二、周三……
四月、五月、六月……

烤鱼烤肉凉面杂割，食客拥挤
真的假的马爷都在热热闹闹卖醪糟
有胡子和没胡子的马爷
戴白帽子的小兄弟亲人一样招呼
亮晃晃的灯和星星

有位同事家住正宁路
下夜班凌晨送她回家
结束之后的破败，臭豆腐的气息与垃圾弥漫，老
　　鼠觅食
如同化妆和不化妆的女人，两张脸
太阳摆正面孔上好发条，该它出场了

家

墙上有暗花
琉璃灯盏亮着
寂寞的夜晚
密码是我的生日
输进去让我忘记你

洗濯我的双手
抚摸你
沾染你的气息

你长长的手指不沾烟火
作诗作画弹琴的手
有一根弦
在我身体里

那曲目 的诗
NA QU MU

用一把梳子侵占你的领地

我就要用一把梳子侵占你的领地
包括喜欢的和不喜欢的场
包括保守的，逆向的，反动的滑过鼻翼的空气

柔和的黑发向着光
掉在地上的也会征服琐碎的反响
我笑那窃窃的风铃和碎了嘴唇的高脚杯
只弹出一个音符，就布控了阴谋的分贝

好，和你们清清秋天的账
该离开的离开，该投降的投降
我收你的礼，收你的好言语，收你的刺
还收你的恶作剧

和女巫握手言和吧
她是征服草原才来的
她只需一把梳子，就占据你们的领地

中年谈

人到中年
需将阿房宫付之一炬
连同周围虚张声势的草木

圆扁成椭圆
在一个焦点扶犁
另一个焦点坐观二十四节气

释放闪电，释放多余的雷和脾气
随云远，随水长，随万物兴落，随星辰起止

在任何调门上都添加三枝玫瑰
坚守着白，用指尖挑开黑

至于，中毒太深的那些牙齿和嘴唇
就一劈两半吧
一半倒地不起，一半化入春风

一座城的不坚定

阳光从一朵花的唇语上走失
自此，故事以默片的方式进行
荆棘之外，荆棘之内
都是黑白的背景

原来，一座城的不坚定
不是源于战争
而是，所有的心都企图拴上黄金

你，劫走了满院的春风

于闯入的名字之上，聚起形象
模糊但有力度嵌入
踮起脚尖
把心思全部晾晒，包括每一条曾遗漏的缝隙

我，就在花瓣最安静的位置
接受直射，折射，或散射的阳光

你来，敲敲门就可以了
何必大踏步地冲开气流
让我冒失地将欣喜若狂
扔得满院子都是

实力诗人

来了就来了
却是看了几眼三两枝的桃花
却是讨了一碗口渴的水
便劫走了满院的春风

参差的版图需要一道河流

秋天瘦了，瘦得很辽阔
焦墨开始抽离成淡墨
几日后，雪来，雪白，整幅构制便可以清墨煞尾
　了
坡上，西风仍过
草凝黄，它们都不担心阳光

但我有比冬天大的忧虑
忧虑我的脑松果体植入魔性的黑
同样是瘦了，却瘦得一穷二白了
连一个冷露湿过的"思"字都爱落谁家落谁家

此时
参差的版图需要一道河流
向东，向西，向北或向南
给帆，给暗示，不袖手，不旁观

雕　刻

重症的寒风，掠走最后一点气若悬丝的温暖
树木裸露着傲生生的骨
和你一样，站成乞而不哀的雕刻

人们的视角，永远挂在蓝天白云之上
你，比尘埃低多了
他们实在无法俯首捡拾，那些与光环偏离的轨迹

你，以手为笔，以水为墨
在铁青的路口，认真书写着一串串曾轰动过灵魂
又被浮浪浸没的名字
嘴里朗朗的歌，蒸腾着灼灼的热
眼波是一片未冻结的湖，漫过败絮裹体
原本，生命的亮度与宝马无关

越来越多的人，停下穿了红舞鞋的脚步，围起密

密匝匝的注视
在叹息里，共同追忆碧绿

有的泪，终于弹出厚积的禁锢，在不着色的荒落
　里
绘成冬日的窗花

泉，它轻轻漫上岸
——听《二泉映月》

一定是轻轻漫上岸的泉
湿了你百结的长衫
被这旧了的人间磨损的月光
是夜深沉里最后一截油盏

起音，就把霜棱棱的炎凉洞穿了
瑟瑟的江湖已是泪流满面

夕阳迟迟
可是挂在巷口的救命稻草
你握住它的两脉断线
接通末世的薄暖

啸聚的乌云劫持了色彩
白是稀疏的白
黑是昏昏的黑
命运被挑起了四角
唇边依然有不褪的余温

佛低眉度劫，劫复生劫
你度悲苦
度喑哑的青石板
度赢弱的塔铃
度倦了的长河与棉袍马褂的蹒跚
瓷碗上的锔痕抱紧
抱紧不惧的弦

如泣如诉的泉
轻轻地漫上岸
它还在模拟清泠的月色下
吻湿你百结的长衫

一曲永恒啊

不是跪着听，而是站着生

大地之灯

那一年
咽喉啼血，灵柩关闭了湘音
但，神话之门依然打开
供喜鹊或乌鸦点数风流
因为，唐宗宋祖在历史之下
你在人民的胸膛之上

高贵者最愚蠢，卑贱者最聪明
一句话，点燃了被斧头砍削过的荒荆

革命是什么？是让精神完整，大地升腾
暴雨中的拯救与纵横，让时代重生
当万山层林感受一首词的气势
黑暗的尸骨分崩离析

不管飞鸟如何迷路
潮水如何选错了方位
一个声音永远撞击伤痕：
你曾是无与伦比的那盏大地之灯

月光·沟渠

千篇一律的月光
照过沟渠，还照过苏轼的绮窗
沟渠飘出歌声的时候
绮窗也绣出了华章

扶摇直上的歌唱
刺痛了笔墨的心脏
落了一地的狂放，怎样收场？

于是，问了天，还问了江
举杯弄舞后，你就醉着笑谈月亮
无法寄宿的那份怀想
浮浮沉沉，短短长长
低的，低成沟渠
高的，高成月光

一溪明月照倾城

宽袖的旗袍
拂过1943年潮湿的目光
破败的爱丁顿公寓檐角
撑不起大上海沉重的天空

你点的第二炉香
没有褪尽骨头里的毒
不听风，不听雨
生，无动于衷；死，无动于衷

霸王别姬式的笔触
一如冷峻的戏子
静静的睥睨，挣扎的苍生

烽烟让国不是国
你让自己不是自己
遇见爱憎不分明的爱
遇见春薄秋误的一生
瞬间花开尘埃，瞬间花落尘埃

其实
你就是横空出世的孤异
只为艺术的盛邀而来
批判与赞美都不是谜底
斯人已去
只剩下一溪明月澄澈，如水照倾城

风言 的诗

FENG YAN

秋 日

给落日一个去处，
给脚印一个家，
夏日的恩典已经破碎，
内心的山水
却被你颠覆得如此完整；

无主的飘蓬
这小小的白色苦难，
让秋天的好天气再送你一程；
空旷的原野静默如初，
惟有西风在秋歌中不停地
徘徊，绒花纷飞；

矜持是小妹的，
嫂子是哥哥的，
这都是些没有办法的事，
噢，秋日
你这被时光的门缝挤扁的忧伤；

现在，我不想收割庄稼
也不愿赞美月光，
只想做一个不怀好意的动词
在你的骨节里潜藏起来，
下雨或冬日时，
你的身心就会感到微微的
疼

破折号

我只能领养一个被老鼠咬坏的破折号

向这座布满风暴的城市致歉

倒扣的经书
令你的腹部寸草不生
谁在用累累白骨打造圣灵的棺椁？

你应该让这个世界的卫生纸保留一份尊严
不要向经期的女人求爱

高 潮

深嵌在肉体的高潮如此空洞
谁的呻吟让森林战栗？
黄昏祭出的血迹
只能迎合耻骨的狂欢

不要再使用形容词
快感过于陈旧

我抛弃快感于右眼
右眼已瞎

马群纷纷踏出经卷的字符

盛 夏

用担架抬走六月的炸雷和八月的黑洞

不要让证人把头发染灰
不要用马车把七月的祷词运走
我的心是一朵倒过来燃烧的火苗

太阳，像一个被烧脱了皮的蛋

日夜等待
那个用经血在床单上涂抹出十字形状的女人

声 音

不要用白发缝补蝉鸣的裹尸布
这么多年，它一直蛊惑我
欺骗我

天空碎裂，溶化成水
我站在山岗，用舌尖把月亮抵弯

哦，再见，这雨季出生的小镇

把我风骚的女邻居带走，喷泉带走
雏菊带走
这里除了生活，一无所有

雪孩子

谁在用无辜的绝望的语言探询雪人
我左手捂胸，右手攥紧自己的骨头

把你的脚洗净，才配得上大地的肮脏
真理，溃败于幼儿园墙头上的小小红旗

蜕去人形，词语倾盆如注

这泛滥的泥浆
让春天的犁铧有了挽歌的力量

理 想

只有镜子见过风的乳房
把刚系好的纽扣解开，是对自由的另一种诉说

偷来的善于撒娇，借来的长于跪拜
蚊子的理想是成为冷兵器时代蒙面的剑客

结果的花已不再纯洁
我流泪，只是想让自己保持完整

信 仰

刀斧哗变
旗帜像块抹布，不停擦去鲜血和罪恶

镜子里的我，永远鄙视镜子前的我

因为我总也分不清
这朵怒放的花，是应该插在深闺
还是放在墓前

零度空间
——写给九四克拉玛依火灾或者其他

蝴蝶飞过，空气中留下的折痕，
令人窒息。
"那是你衣裙漫飞，那是你温柔如水"。

时光雕刻一切阴影，
万物有灵，
皆有主义。
无论是蚂蚁上树还是水煮活鱼，
教科书都会暗合招魂者晦涩的人生哲学。

低处的苍穹蓝得过分，
但让人心疼，
听说已错过两世的爱人走失在昨夜雨中。

春天更像一个谎言。
东风已借，盖头未掀，
在这失语的良辰，适宜种豆，
适合发疯。

我与镜子互为父子，
它一向忠诚于二十年前的我，
可现在我却只能用背叛还以颜色。

城池年久失修，你戴草帽何用？
马车上拉的资产已不能清偿阶级致幻的药片。
那些缺氧的鱼，
会爱上我长草的嘴唇，还是已不会流泪的祖国？

憎恨孤独，头上插满鲜花，
粮食和先人坐在坟头为我加冕。
碑铭上的遗嘱
紧张得一言不发。

四季正给庄稼轮回，
还愿的光头淋雨，忏悔的溺死湖中。
这里是奢华的乡村黎明，
你留下的童话繁花似锦，你带走的童年荒凉如梦。

别人高高举起酒杯，我高高举起泪水。
因为诗人总是告诫我，
系围巾的枪毙，系围裙的留下。

远方来信

海水吞噬着薄暮，月光纷纷跌向落日之网

笔尖戳向黑夜，黑暗如水纹洇开
黎明
触痛信纸反复折叠的回声

但，至少你的白衬衣是甜蜜的
它向黑夜道晚安

清风寨

我是一个被炊烟招安的竖子
口袋里装满淡水，却向大海索要盐分

在清风寨，我知道稻子不会原谅我
稗子也不会

神啊，我想忏悔
可你总得让这个世界给我留出跪下的地方

病

想哭的时候，总盼着下雨

站在雨里
天在下，我在哭，各怀深情

这时娘一会儿看看天
一会儿看看我
痛心疾首：你看看这两个傻子

恐　惧

用桃木做弹弓
射出一个石块
天空出现一个圆形的洞，光芒四射
这就是你们传说的太阳

射出一个小石块
天空出现一个小一点的洞，光芒涌入
这就是你们传说的月亮

最后，你们没收了我的弹弓
怕我把天空打成筛子眼

公然 的诗

GONG RAN

石头上行走

决不能忘记
是石头，给我们铺设了古道
铺设了光泽隽永的青石街

草鞋踏过，皮鞋踏过
牛脚踩过，马蹄踩过
流浪的狗跑过

如今，还有什么品质比石头更忠诚
什么路不是石头的路

我们对石头使用了种种手段
开凿、爆破、锤砸、碾压
我们让干什么，石头就干什么

他们被搅碎了，铺在车轮滚滚的铁道边
他们被夯实了，压进道路的最底层
他们被烧成水泥，浇铸成挺拔的桥梁
他们甚至代替古老的电线杆
以石头的形象
我们在石头上行走
或者飞奔
却没有给他们以哪怕是鄙夷的一瞥

谁曾听见过石头的心跳
当大地沉睡，列车飞驰
那有节奏的律动深远而又沉闷

石头一样思想

去凝神雅典娜的石柱吧
去观照沙漠里的金字塔
请在敦煌的每一个石窟前屏息
在乐山大佛宽阔的微笑里屏息

哪怕像丢失的十二只兽首
哪怕像狮子一样
去镇守一座城门
哪怕做一个兵士
去守卫社稷的甬道

像维纳斯那样，何惜断臂的温柔
像掷铁饼者那样，举全力于一瞬
像思想者那样
于喧嚣中低下沉重的额

石头里活着

在空阔的山洞里
祖先们打制着石刀，石斧
石镞，石碗，石盆
他们拥有发达的四肢
但要抗衡自然界和动物界
维护种族的生存和繁衍
他们攥起了石头

人类的第一粒火星
就从这石头里迸出
在祖先们打磨的石头里迸出
从此，永夜于人类不再

实力诗人

寒冷于人类不再
石头里迸溅的星火
竟照彻着文明的航程

浩瀚无边的石器时代
其光焰照耀至今

人类在石头里活着
用石头建房子，筑路
用石头粉碎粮食
修建坚固的城池和碉堡
固堤、筑坝
截断巫山云雨
雕刻成大佛
给未来以微笑
雕刻成巨兽
吓退邪魔，护佑平安
…………

石头给了人类光明和硬度
没有石头
人类就是软体动物
只能靠腹部前进

但谁不会死去
不会被石头埋葬
看啊
那一块块森立的石碑
是人类生死的见证

石头里安家

用石头建一座房子吧
用石头奠基
石头砌墙
墙壁上挂着石门和石窗
石条跨在门槛上
石板覆在房顶上

石板的院坝里
画着小孩跳石板的田字格
和丢鸡毛毽的圆呢
石头的院墙边

呆坐着石凳和石桌呢

石头的灶膛里柴火正旺
石头的火塘里树蔸正红
石头的磨子
被主人推得团团转呢

猪们在石槽里拱食
石板的狗圈和鸡圈里
留有鸡狗的体温呢
闲逛的狗回来了
把一个圆形的石盆舔得溜白
马被蒙上眼睛和喜欢打喷嚏的嘴
拉着一扇庞大的石磨走圆圈呢

谁扬起了木槌
奋力砸向碓窝，舂米呢
谁顺手抓起了凹形的石掷子
练上了抓举和两臂平衡呢
谁的钻子在石头上敲着
声音好清脆呢

石头的阶沿下
屋檐水滴在现窝里呢

水也能把石头点燃

轰隆的炮声里
漫天的石头呼啸坠地

很快，石头聚集在一个个窑子里
以为走进了防空洞
周遭都密封得严严实实
石头静静地蜷伏着
相互安慰和鼓劲

石头听到有人说话
听到哧的一声
温暖就漫上来
石头正准备高兴
浓烟像梦一样吞噬了它们

在梦里，石头

在山崖上晒太阳
在岩洞里呵护蝙蝠
在地壳里泯灭黑暗
在水底下瞭望天光

在梦里，石头
岩浆一样燃烧
时间一样熄灭
翅膀一样飞翔
火球一样奔跑

低矮的天幕下
窑子像古墓一样
抽着丝丝的青烟

傍晚
劳动者扒开古墓
跟他们想象中的一样
窑子里，剩下的是石头的光芒
耀眼的白，使劳动者顿失颜色

劳动者朝那白色吐了口唾沫
嘘的一声
石头受惊一样
再次燃烧起来

走进花园的石头

它们全身赤裸着
古董的体态泛着年轻的光泽
甚至是娇嫩的
在绿色的花园里

它们用滚圆表达安逸
用厚重表露沉毅
用静止表示定力

用硕大表述谦逊

混沌的时间，为什么
没在它们的额头刻下皱纹
难道它们只要让自己变得圆滑
就能够战胜冲刷

不尽的侵蚀
为什么使它们愈加坚硬
难道它们只要赤裸着战斗
就能够击碎洪流

当它们被吊车吊离河床
被重载车搬进城市
被洗掉尘垢
被安顿在绿草坪

它们是要光着身子舞蹈
还是要紧闭着嘴唇咆哮

石头的话

石头的话没有声音
但比雷声还响

凡心灵不能释怀的
就刻在石头上
凡记忆不能铭刻的
就刻在石头上
凡不能言说的
就刻在石头上

不要随意对石头说话
一旦开口
就会被石头记住

呼岩鸾 的诗
HU YAN LUAN

猎 物

细雨像空气一样弥漫绿色山谷。
瘦猎犬伸头弓背，拽着
弯腰如弧的老猎人不停地
跑过来跑过去。
猎枪斜立而沉郁。
猎物颤动在紧张的纤绳上。
潜伏在温柔的心情中。

这是什么样的日子啊
我还坚持在秘密山寮
越来越长，越来越细
我坚持着不断裂。

古斟灌国

我们自生到死也不会改变这么一种惊讶和神秘。
一粒微小的种子在土地上就能展开全部庞大的内
　容。
犹如对着图腾
我对土地上所有的细节都奉若神明。

秋天还是茂盛，虫草就移栽于冬天
土屋里逐渐寒冷的炉子旁边
虫鸣在建筑崇高的王宫。

灯在黑暗中
一盏孤独的灯，遥远地送过来光亮
帝王的马车驰上黄土的辙印。
我坚持着一镰一镰地收获。

我祖先上世纪被挖平的坟墓
日日夜夜，一动不动地，曾经
把无边的土地镇伏得平平稳稳。

我是守旧的人，热爱贫穷无边的落后农村
对祖国已经改变不可复原的那一部怎么能满意？
我粗糙如古代泥土。我的爱是残酷的
已经把一个美丽的少女变成老妪
古国里只有她的芳名
一代一代年轻
只有国王的后裔今在何方如我

窑湾的鱼

那一年夏天最后一场大雨停止后
秋天来临。窑湾的深水成熟
水草在凄凉的土地上面飘动
追随没有皱褶的身体。
窑湾早年的泥土已经走出
建筑了房舍庙宇一所学校和一个罗庄。

我从太平洋归来
伤痕累累地还是一尾淡水鱼。
窑湾消失
和我同游的少年消失
窑湾的泥土不再站立，罗庄健在

土地上面遍布变异的动植物
像殉葬者
土地下面遍布鱼骨
一尾淡水鱼泪泪奔涌的想象中
所有的鱼形摇摆着复活。

鱼骨脱去衣服又穿上衣服非常简单

一尾淡水鱼的打击
使我疼痛。

春天的说明书

冬天里我的一个亲人死了。
冬天里我有关系有好感的几个人死了。
但还有春天醒来悄悄走过我身边
我一下子抓住春天温暖的小手

春天呀，如果你
给那一个坟那儿几个坟都长满青草
我就弯下很多年来从不弯下的腰
对着绿色的坟三鞠躬
像基督徒复活那样给你祝福呀春天
长满青草的坟，一下子就成了
春天的说明书
这以前所有的事情都没有发生。

我永远记得这一只羊

我不知道这一只羊的名字
我怎么能知道这一只羊的名字呢
羊们是没有名字的他们都叫羊。

我没有看见这一只羊的面容
羊们都是一样的
都是一样的
柔顺的眼睛
发出小孩子声音的嘴巴。

但是永久地永恒地永远地
我记住了这一只羊

那一年六月就有百年不遇的泥石流
轰隆隆轰隆隆压过山坡压过山谷压过道路
人们四散逃命羊们僵伏认命。
这时候我看见了，不，我仰视看见了
这一只羊的背影

在泥石流中，只有这一只羊
像走上山顶草场

在山坡上一步一步向上走去
迎着山坡上面滚下来的一块黑色巨石
一块黑色巨石像坦克一样
轰隆隆直对着这一只羊滚下来
这一只羊悄无声息像对着坦克车一样
直对着这一块黑色巨石一步一步走上去
一步一步走近像巨石后面有绿色的宽阔草场
那眼睛还那么柔顺吗
那谦虚的嘴巴还发出小孩子的声音吗
这一只羊都还没有长出角呢
这挺拔漂亮的鼻子怎么样了

多少年过去了，我还一直在牧场打听
这一只羊的名字。
这一只羊何年何月生人籍贯在哪里
在灾难中代替人完成神圣的仪式
这一只羊应该有一份历史档案。

苦役场

南风半月一月地奔袭。
像发动土地承包责任制一样轰轰烈烈
发动炽热芒刺的黄色波浪
横扫我之躯体，欲穿身而过实际上已穿身而过。
有组织的巨大钢铁隆隆开动
这个在所有制上破碎在土地上广阔的麦田
即将一片片倒下。
而我的苦役场还是肖然而屹立

人民公社的麦田。军垦农场的麦田。
各种所有制上在土地上生长出来的麦田
祖国的麦田广阔，自东向西
没有给我一次盛宴
而给我一把镰刀。在太阳的压迫下
这个弯腰低头越来越接近土地的人
一刀一刀砍向自己。实际上穿身而过。
多少次我昏死一刻又清醒了过来
感觉祖国也多少次昏死一刻又清醒了过来
我祝愿那个在麦垄间给我一罐水喝的孩子
已经有了自己的麦田
已经不是社员在收获中已经流下初血
用第一捧小麦的面粉烧烤无酵饼
芳香地喊我一声，给我一个。

我的长剑呵

很多个夜晚的黑暗集合成这一个夜晚的黑暗。
动手了。
一剑砍进去，一条白亮炫目的深刻伤口。
一剑一剑，一条一条伤口
一声一声咆哮
是复仇也是惩罚。
沉重的液体沿着宽阔的风流下来
我看不清这鲜血的颜色

我在黑暗的边上
空空地站着
我的长剑在白天已被太阳光摩擦而尽。

大气球

这个老衰的肺，眼看着膨胀
决心把全世界的空气泵进来。
先是骨头，再是每一条皱褶都伸展绷紧
回复青春形状。
渗着细微的汗珠，像海洋一样浑圆
苍白的月亮发动潮汐
江河汩汩流入大海
岸边布满坎坷。
再一次。再一次。最后一次
压扁压瘪，把最后一口吐出
像一个癫痫者停止了抽搐
老衰的肺，以一个老人的形状平躺地面

一个孩子拖着大气球在土地上快乐奔跑
这个气球只是蹦跳而不能飞上天空
因为这个气球是一个老衰的肺
最后的全部内容

异常沉重

野 火

空气黑了。草原就是黑草原了。黑草原
隐喻它是黑草原的红花在星光中忽开忽谢
它是黑草原的伤口在星光中不断献血溅落

它是流浪者给饥寒的世界
用枯草烧旺的一眼炉灶
酒热了。无酵饼熟了
他们忽开忽谢不断没落的生命熟了。
所有的人都不能生长都衰老下去
有的人倒下去不能再站起来

天亮了。他们埋葬了死者
草木灰散了
青草
在春风里像野火一样生长。

风 筝

我伸出食指向上勾动了三次
三次震响，在我心中，三次都打中了。
掉下一只鹰一只隼一只鸿雁。

天空现在只剩下二十几只蜈蚣二十几条鲤鱼一条蛇
和一个长胳膊长腿红袄绿裤的人。

这一时辰我当上了上帝。
我肃清长期霸占天空的一切族类
凡被天空压迫过的都能升到天空上面。

我还带了快刀
斩断我自己身上的绳子。

艾蔻 的诗

AI KOU

预言者

客舱太挤了
他对我说
坐在马桶上才舒服
视野开阔，还能享受到
沙滩和海风
真是胡说八道
我转过头
终止了交谈
飞机快要降落了
我打开遮光板
下面就是海
我们之间越来越近
我总算看清楚了
真的有马桶
坐落在西海岸
太阳底下闪着光
我错怪了他
确实有这样一只马桶
再小的卫生间
也看得见地平线
坐在马桶上果然很舒服
不是趾缝藏沙
就是海风拂面

望春风

春天的风吹拂在水面上
它相信，所有的事物
终会返回水中，它吹过了水
也就吹过了整个世界

春风中，没有什么不是向水而亡的
它离人生如此近
还有落花，还有垂柳
还有数不清的男女
站在水边，被风倾斜

魔 术

今夜，翅膀仅用于示爱
欣赏完我的独舞
你的好奇心转移到：脑袋上
亲爱的，我的脑袋
你咬下去吧
咔嚓咔嚓，肥美的青草
亲爱的，我不会说疼

空气里有草的味道
亲爱的，这是上帝的圈套
你要吃快一些
超过草原生长的速度

柔情试水

我给你一种可以把控的想象力
在某些瞬间将海水注入尸骨
你因此捕获了灯塔里
啃噬灵魂的女巫

有很多很多的午后
像极了深夜孤冷的台风
席卷啊，淹没啊，被推倒就范的种种
叹息啊，乏力啊，想不起来便神游的种种

你有没有爬上一座山
发现无数个缓慢倒退的自己
带着镣铐和望远镜
却始终找不到森林的秘密

珍妮,我可以跟你说晚安了吗

我的嘴唇发干
不想继续在阁楼里
陪你玩扑克接龙的游戏
你种的失眠花
蔓延了窗外的石板路
就算一直被太阳照着
它们也会迅速枯萎

珍妮你不要乱跑
请你坐下来
用脸颊正对我
过去和未来的事情
都已化作油漆
一道一道渗入墙壁

我们都在期待真相
热烈而又趋于倦怠的
慢慢浮现
珍妮你试着踮起脚尖
那个高度正好能看见
时间荒废的方向

珍妮,如何说爱?
我总感觉慌张
这爱像漏气的皮球
拍打不成,坐等腐烂

珍妮,我的珍妮
这个夜晚不同于别个夜晚
你说吧,说晚安
只有等你说出这句话
我才能就此安息
永无明天

理想之爱

平安过完今夜
就是爱吧
此刻有只蚂蚁
爬过你的脸
不要捉它
舒展手指去爱
那细的身体
有许多
几无差别的同伴
一排一排的
集体爱
不同于你的习惯
你沉沉睡去
一日复一日
潜心练习
死亡的姿势
爱多惊讶
总是坐在旁边
不说话,轻呼吸
用耐心和血
换取太阳再次升起

戴着手套的手拂去挡风玻璃的风

手的瑕疵与你
没有太大的关系
你不用烦恼
和为此睡不着觉
你要对这世界
冷淡一些
在你眼里
我严肃、滑稽
一败涂地

碰撞带来的巨响
隔着黄沙
不必感到害怕
你可以用手挡住它

甚至，还可以拂去一些风
等那些碎玻璃
嵌入脚掌心
你得完成一幅画
——看见彩虹的时候
我还在你肚子里

彷徨之门

打开窗
雨落在我脸上
我映入你眼底
关上窗
雨和我，隔着玻璃

你和我，隔着玻璃
隔着雨
隔着几条马路
隔着空气
隔着面目模糊的行人
打着伞，步伐蹒跚
隔着灰尘和细菌

你和我之间
隔着雨
隔着闭眼间隙
丧心病狂的想象
隔着破败楼房
隔着客满的大飞机

你和我隔着雨
隔着候鸟经过的树
隔着白骨和沙漠

隔着万水千山咫尺间

打开窗
雨飞进屋里
我坐在屋里
关上窗
雨钻进土壤
你踩在土壤之上

无 题

我常常在想
那座破桥摇摇晃晃
却被许多人走过
有人掉下去了
不再归来
有人走过去了，也没有归来
剩下的一个又一个
排队踏上桥
脚步借助想象
完成了飞行
终于有人归来
他的同伴消失了
他成了孤独者

我从这桥上过
附近的人从这桥上过
我看见孤独者
从这桥上过
桥下江水比我的目光湍急
孤独者还想尝试飞行
孤独有多可恨
这世上有比孤独更可恨的东西

李永才的诗

LI YONG CAI

落日颂

落日。你知道，沉默是为情怀
东升西落，一抹苍凉的光
破碎，是为辜负
再次遭遇的对手，比黄羊更灵活
不要试图疏远
这卑微的忧伤。凭着最后的辉煌
抵抗逼近的黄昏

落日，沦陷在时光暗影里的，你不知道
是一个古老的孩子
寂静的形态，如一场盛大的宗教仪式
在我灵魂的岛屿，上升为
一次庞大的歌剧

落日，像一顶破败的草帽
以弥撒的方式，告别神秘的天梯
依依不舍，像一辆思乡的马车
眷恋，是为吹散昏鸦的风

轻如棉花的日子

总有那么点，身不由己的意味
晴朗是一种主题
我端坐南山的云朵，回忆一些随波逐流
生而为人的段落
风无法侵入，黄昏的音乐和受伤的手指
却总让我想起，同一种乐器
或许是同一种女人

夜色让空空的房间失眠

脱缰而去的野马，在南山辽阔无边
亲爱的母马
在雨声淅沥的马棚，翻了个身
透明的爱情，胜过宽大的房间
这令人惊讶，唏嘘不已

是喜欢大如船尾的屁股
坐在漫长的河流，依偎一岸盛开的菊花
还是因为爱她善于沟通的鼻翼
那只鸟，穿过一片雨林
一声啁啾，响过秋天
像是某种唯美的问候，不期而至

无论是流水，石头，还是黄昏和忧伤
它们留下的隐秘，独立于时间
独立于美人的鞋子
轻如棉花的日子，特别适合落英纷飞
更远处，只有阴影一样的扬尘

流水是空

仅仅是叙说，沿着马路散步的小船
跟着一列时光的快铁
努力地打开，一朵葵花陌生的细节
仿佛在阳光的手指上
吐纳亲密的气味

旧船走了，我的码头
像折断的柳枝，空了又空
在我们爱过的地方，一只野狐空杯对月
随一蓑烟雨，慢慢老去
陷落风帆上的雁声，是我年复一年
无法收拾的，失败的情种

我爱上过，潮湿的手帕和小岛
细数过沙滩上，贝壳的脚印
一堆不善言辞的珊瑚
纷乱地漂过。现在，流水说空就空了
秋风一样的汽笛，默默地谈论着我的码头
秀发里的浪花，渐渐冷了

失去天敌的羊群是孤独的

在狼的身边，你是柔弱的
即便夜色临近
也会像潮水一样溃退
没有母狼的嚎叫，穿越午夜空旷的幽谷
你的岁月是荒凉的

历经反复洗礼的天空
一只秋鸿，会掠走最后一根白发
像寒风吹走落叶，有一种苍凉的味道
有时怀旧的情绪
如散布在木椅上的尘土
一有阳光，它们就漫不经心
就像我独自一人，随心所欲
几乎饮尽了，整个下午的秋色

如今，你的衣裙已开始发白
就像那些老旧的珊瑚，散落沙滩
绝望地看着，一些呐喊，一些快乐的冲锋
一些被飓风吹动的辽阔
或许就是这样，那些因激情而坠毁的浪花
比溃败的乌云更有意义

我要感谢一只苍狼
从七月细小的忧伤入侵，让祖国的北方
重新生长复仇的秋天
你应该知道，我的村庄，即便怀抱
黄昏一样的理想
好比一轮残月，即便照亮所有的征途
也无法挽回
万物散落的命运

此刻，一只老狼，衣衫单薄
在正午假寐
它的一句谎言，让我从残垣中

发现一丝贪婪的目光

苹果及其风物

冬天的麻雀，如同闪电省略的谎言
从这个城市的额头经过
那些鸟类的心跳，
祝福和一个个背影，被遮蔽，
被辗转的，是一些与雪花有关的碎片
伸进一片寂静，那一双空空的手
划破流星，果皮一样的表情
这意味着一只寒鸦，对天空的征服

午后的一场微风，向我述说
一个小小的窗户，挂不住入冬的太阳
像一只小小的苹果
被微风吹着，蜻蜓一样浮动
那颓废的色彩
如此的固执，又是如此的淋漓
像是一只饥饿的狐狸，咬住红马的脚步

这些饱含忧伤的风物
或许是一种暗示
如果有一种声音，不管它何时落地
都不过是偿还时光的形式
那些挂不住枝头的麻雀
被吹落南方的麦地，和我小小的屋顶

那是一群生动的，灰褐色的鸟
怀抱一把婆婆的枯叶
跟在偿还孽债的队伍里
充满玻璃一样的小心和惊恐
或许，雨水是一位孤独的行者
将麻雀身上披挂的尘土，悄悄地洗净
仿佛洗去一种无知

秃　鹰

因过度消耗了白天，而在
这夜晚，你浅色的黄，饱含阴毒
流落秋天的冷面形体
青铜时代的刀锋　在头顶铺张

白头之兽　还在寻找什么？

不要难为自己了
伤痕累累的丛林　已没有猎物
每一个角落，都为虚构而生
野物出没的地方
洞口沁凉

永不要关心　水里有些什么
当你打开大海的小窗
也许有一只清瘦的水鸟
顶破几张枯帆
飞过来，向你问好
就像这世界　已没有秘密可言

刽子手砍下了
最后一棵香樟的左手
一场接一场，自然界的杀戮
就这样被抽象掉了
许多生机已不复存在

人间的一切　也尽可以删除
包括月光下的这场　人神共舞的游戏
就像石榴被割开一样
你尽可以从不同的方向
伸出舌头　但永远无法品尝
刀尖上的滋味

秋天的洋场

夜凉如水。里尔克说

"谁此时孤独，就永远孤独……"
扶你走出梦乡的
数声犬吠，是一片寂静
是"徘徊，落叶纷飞"

我扯一片梦中的芦花
让它开放，在夏天的瞬间
那些女子，和她们的
忧伤与甜味，音乐一样顺风而过
这一阵虚无，吹拂
宛如子夜的机场，一浪一浪的车灯
开出的花朵，恍惚
夜色平坦，而生活迷茫

让我们继续幻想，不切实际的快乐
一个人，在远方走向陌生
几乎整个的夏天，即将不辞而别
比如金色的花瓣，在小雨中
——从枝头上隐去
总有一些相对无言的激动
截然不同的方式，像秋风一样美好

石榴花开过，还有什么
比这红在心里的日子，更值得珍惜
一切都会沉默
正如这九月的姐妹
我已慢慢学会，爱她的袖口
那一片白桦林，大部分已抖落芬芳的私语
白茫茫的，一阵凄凉
我知道，那就是秋天的洋场
什么都不须说

沙克 的诗

SHA KE

幻 觉

一朵云来到我客厅
逗留一下进入我的卧室
没有打搅我
从窗子出去了

它长着铅丝的腿
出了窗口就收拢起来
像飞碟，也像袖口

这朵云给我的印象
仅仅是云，棉花浪花雪花状
在我室内走动时
毛刺刺的，碰了我耳朵

我没有打搅它
也没留宿
更不指望和它再遇

它不是空中的那种云
仅仅是我见过的云

比微小还小

一滴雨落进海
没了影子，保住水的形式
呼一口气向空中
没了影子，吸进氧的成分

一个二氧化碳分子
钻进房间，不产生温室效应
电子与质子恋爱

稳定细胞性质

我所喜欢的还要小
在氧气的一个原子里，建造
一个国度，留三分之一做花园广场
其余分给全国的蜜蜂居住

我坐在蜜蜂的掌心里
你躺在我舌头上
在蜜甜中缩小近无
也有质量

心 脏

心脏活着
维系几个人的生态

荒瘠的胸腔复活
锈蚀的灵魂得到移植

心脏白白死了
眼泪也拉不回来
还会让别人失去意象
——依靠和信赖

死之前，把心脏挪到
别人身上，一直活下去

我的心脏
一部自我宗教的中心意象
在昼夜的色差间跃动
留有愤怒的余地

我的心脏

有时是带毒馅的水果糖
不能移植

旅 行

旅行四方，身体流浪
飞行，船行，车行
往东西南北撒一把带壳的花生的脚印

往东往南，黄海、东海、渤海、南海
往西往北，沙漠、草原、雪野、冰山
无数镜头开合，定位不了一尊神圣

所到之处，所见之人
所见之物全都合乎我想象的尺寸
无止境流浪，什么意思？

放逐身体，回收灵魂
我已从希腊来到埃及南部
户籍如剥壳的花生在祖国翻滚

我坐在许多地名上积累生死
减少身体的租金

经过本我的声音

此时，这个声音渐响渐起
循声望去，不见动物和物体的动作
究竟是什么在响

这个声音经过我的时候
我把它当成碗
加进一些别人看不见的东西
再传向别处

这个声音不喜欢呆在一处
这里响一下，那里响一下
像水母之美
展开，从不收缩

我没有亲眼所见却无比相信
这个声音来自一个本我

存在久远
它在别处被当成虚幻之物
削弱消灭在人影中
它不露形式和声源，必然超我

红

至于南徙之鸟的踪迹
蛙虫全数缄默
秋末的羽叶，褪绿飘红

植物，闺中的人与物
全数红了脖子
无须朝晖、晚霞来修饰

转向丹田，色素依然
顺血漂流的红
发出过冬的请柬

集中于我，握着罗盘夜行
古琴，做随身丫鬟
红，隐于初明晚晴的书页

至于才华、仁爱和口水
溅入日子的末端。嵌红的银杯
进步的，拿着令箭的你们
往哪里去，不至于背弃肇始的我

风 语

忽而轻，忽而重，疏密，缓急
短音，长符，无数幻影
喀嚓折断的闪电
浮云飘逸的幽灵
窃窃交谈，抓不着一根游丝

绕成团，打成结
忽而散去如烟

听见声音，记录数字
从节奏与手法辨认发音器官

离文字近,离灵感远
离灵感近,离文字远
谁说什么了?密码在声源那边
灵感和文字交集成忧郁

风说,等于没说
树静风不止,风静而蛇行
一个人是一部电台
碎草乱花,人鬼情,没有通用词汇
水里捞火焰
树影。蛇毒。失语。

风声大起,想取代语言
不知所云又想让同谋听懂
配合它突然肆虐

吱　声

我的声音大得让一座山吃惊
(无数次爬上爬下
我不说话)

我的声音大得让一本日历吃惊
(白天做事,夜里睡觉
我不说话)

我的声音大得让一口井吃惊
(目光所及,水土所含
我不说话)

都习惯于我不吱声
地一样,石头一样,鞋一样
被踩得黯然失色我不说话

只是一句轻言细语,听起来
我的声音大得让破裂的镜子吃惊:
"我是惟一的人。"

虚与实的意味

气泡
顶开一微米厚的膜
升入虚静

从气泡里站起来
毁灭
从虚静里站起来
得了
一粒草籽的空间

脸面太薄,被光射穿
像飘零的碎花
放掉气息,失去形体
醒了,灭了内容

气泡想独立存在
或拒绝存在
某些血型把它留在血管里
说话时慢慢释放
几十年的文明

刘郎

LIU LANG

本名刘明中，1990年生，河南商丘人。中学辍学，现在深圳打工。作品散见于《中国诗歌》、《诗歌月刊》、《山东文学》、《特区文学》等。

理想者

〔组诗〕

LIU LANG　刘郎

呆呆说，关于慌乱

作为一个诵经者，月亮便是木鱼了，
便是妄念。
一念之差，
故乡的夜风便夹于腋下了。
而他，始终静坐。把流水线上的金属片，镶嵌
　　到夜空里。
"比星星更美一些呢"
呆呆说。
呆呆是他旁边新来的女普工。她像拔掉妈妈的
　　白发一样，扒拉着那些金属片。
动作持续，而慌乱。
"关于慌乱，不可对侧身而过者多说。"
呆呆又说。
呆呆是好看的女诗人。

路口，或者抛下光阴的人

"在路口，抛下光阴的人是伟大的"，
他坐在紫红色纯木靠背椅上，细数酒瓶子
和及时的雨水。
没有比这更幸福的事了。抛下光阴，
静静看着马儿长大，看着种子
被埋进土里。羽毛和叶片会变得坚硬起来，
这是他始终坚信的事。
硕大的黄昏，渐渐填满整个房间
他清晰地看到，有东西吱吱响着钻进身体里
突然，他很想站起来走一走
"或许，天黑之前就能把那些麻烦事，都解决
　　掉，
剩下的时间……"
剩下的时间，他想起了
能从胸口掏出鸟鸣声的祖父。穿黑色棉袄，
眼睛眯着，坐在路口打盹。

张小夏，哀哉尚飨，魂兮归来

我把旧爱装到洗衣机里，迅速地脱水。
你说，
"只剩下骨骼又如何，我不需要阳光。跟着那些
　　一直在赶赴的。
你走吧。"
你走吧，在我把这一大片黄昏写下之前，
我都不会想到你。
我渴望清晰一点，慢慢能看到轮廓，
看到大雁折翅的声音。
看到有人大喊着，"哀哉尚飨，魂兮归来"
魂兮归来，不包括草房子，
不包括云霞衣裳。
而你一再请辞，你说，"朝堂上蝇营狗苟，
　　臣亦择君。"
你说，"我有选择我爱的权利，我有把自己喝
　　醉的权利。"
我一直梦见你，
张小夏，
一直梦见你。我有把你写到诗里的权利，
把你写成，那只一直纠缠我的女鬼。

理想者

一

房间装满水　一尾鱼在游动
一只眼睛在等待发芽　你的腰上
挂满钥匙　只有一个与哑掉的舌头暗合
手臂举着十根蜡烛　点亮水
冷风无力　窗户终年不开
你的阴茎　孤独　温热
有着理想　或者春天一样的质地
像梦　不会醒
你的祖国勃起在里面
她辽阔　富饶

二

太阳是一眼井　被你深深打进云层
日子里的鸟　饱食终日
你不打扰它们
因吃下过多理想　肥胖
道路被挤占　翅膀下的水桶空空
你需要更多的水　稀释生活中的毒

多想活得像植物一样　在光线中
扭动腰肢　像鱼　吐泡泡
你说　不必理会天有多高
只需努力　把断裂的脚骨裹进泥土

三

屋顶有月光在攀爬
你把一盏像一截骨头坏死的灯摘掉
把右眼装上去　更亮　你说
左眼的近视会看不清夜色

一碟青菜放多了盐　你推论
理想是咸的　颜色过正　需文火慢炒

你在一顿晚餐里顿悟
思考能指认饥饿的证据

四

土地木头一样枯了

看看孩子们吧　再不生长游荡的鬼魂
我是在你腐烂的肚皮上
长出的一小朵黑木耳
我将我的潮湿　挂在你的嘴巴上
第十次看透你的纹理　固定的破浪
我经过它　不发一言

不求光线　雨水
不求慈悲

五

如果我是女人　我渴望你
进入我的身体　一个死过后努力活过来
再死一次的人　我爱上你买下冬天的慷慨

你独自坐在被冷风吹响的棺材板上
预言它将发芽　并结出
腐烂的果实　吃下它的嘴唇是幸福的

我爱你　我决定吃下它
并告诉忙碌的人民
春天的味道　有多腥臭

六

风与树叶面对面的时候　我坐在
太阳底下　想石头开花的事
风背叛树叶　面对我的时候　我看到
被抽空灵魂的尸体　掉落下来
嘶哑的沙沙声　脉络碎裂的声音
纠缠着　我仿佛看到
坐在石头上的自己　羽毛掉光
一群幽绿的小虫子　正啃噬着
皮肉包裹的温热心脏
而石头愈显光滑　我看到一朵花
在开放　颜色愈加鲜红

七

屋顶的孔洞泄露巨大的忙碌
天空低沉　塌陷
耳朵注满乌云　能听到谈话
有关人生的三流喜剧　群魔乱舞的青春
有关午餐里的苍蝇　或苍蝇肥硕的肚皮
但无法听懂音乐
无法听懂植物的抽泣声和岩石的心跳声
嘴巴注满蛆虫　自言自语
说新闻里的病句
说一群公马生下一群公鸡
说鸟群飞向北方去了　在北海下了一只鹅蛋
但已丧失接吻的能力
不能咬下一口故乡
不能用嘴唇里的火焰　把月亮点亮

八

三杯两盏淡酒　怎敌他晚来风急
我看他坐在酒瓶里
看他把一个满满的月亮倒进酒杯
看他把整个故乡咽下
看一个藏有凶器的人　把鱼钩甩进浑浊的夜色
看他姿势老练　不断重复望天的动作
看他怎样钓出滑溜溜　黏糊糊的理想来
看他醉酒　呕吐
看他的呕吐物沾染我的祖国　更加腥臭

九

在喧嚣中死去的人　你不该醒来
你不该穿戴整齐　手捧鲜花
我是个诗人　你曾诅咒过的　唤醒群尸的恶魔
你不该听从我的笔　划开坟墓的刀子
你发霉的肉体　不该重新长出肉芽
你的眼睛　遗落的那只　不该重新找回来
还有牙齿　还有耳朵　还有整整十根手指
你不该把阴暗丢掉

太阳是可憎的　你永远无法跟它平等对视
它把光线强加给你　它只负责收获赞美

乖媳妇，或者爱吃胭脂的马儿

之一

夏天，我的陶罐盛满绿色，
我的桃花未开。几个转折后，
想好的意象掉进鸟鸣声里，鸟鸣声
掉进窗户。故人该来未来。
一朵云飘过，我安坐窗前，
遐思粘连的旧报纸，翻动红尘
阳光照耀，我依旧停留在上一秒的
时间里。"该记的，要记住"，她说：
"天热，辣椒少吃，白酒莫喝"，可是，
记与不记之间，我的马儿跑了……
"乖媳妇，它爱吃胭脂……"

之二

我住在内心的草房子里，
花蝴蝶，被你披上了肩。你说，
晚风里，有甜甜的故乡味或胭脂味
你，抵挡不住，它们肆无忌惮的诱惑
眼睛里，骨头里，都有！像火烧过，
焦黑的痕迹，层层叠叠……远山，
一座压着一座！每当这个时候，
都想写一首诗，没必要把沉淀的句子
写完。你开个头就可以了，剩下的
让词语去完成自己的裂纹与破碎

之三

攀爬在阳光架设的梯子上，
好女子，一脸的坏笑！绿叶子，
被藏起来了。青芒果，像泄露的心事
天机早现，我不喜欢结局被预设！
青芒果！说好了，在五月成熟。
说好了，整个中午的时间属于我。
乖媳妇，你不该打扰我，把这一小段时间
念成一只蝉。可，恨也恨不起来！
小日子，被凉风一吹，往事如烟，散了……
"人活着，要有念想！"你说这话的时候，像
高门大院的石狮子！我的企图，
像拜帖。端端正正地蹲在门房里。

娜仁琪琪格

NA REN QI QI GE

70后，蒙古族，辽宁朝阳人，现居北京。中国作家协会会员。大型女性诗歌丛刊《诗歌风赏》主编。参加《诗刊》社第22届青春诗会。著有诗集《在时光的鳞片上》、《嵌入时光的褶皱》。《在时光的鳞片上》入选21世纪文学之星丛书。获辽宁文学奖、冰心儿童文学奖等多种奖项。

娜仁琪琪格

青葱使荒芜抬起绿意

·组诗·

在子午线偏西

我深深地凝眸　举目　徘徊
将萧瑟的冬日　寂寥　眺望之远
以稀疏的枝条　指向苍宇

有什么从远处飘来　在一丝云彩也没有的天空
或阴霾压低的喘息里
有人离开　有人到来——

原谅我　一次又一次地
双眼盈满泪水　却不能说出更多
静默里　只会重复着举起相机
拍下清瘦的枝条　遒劲的古树　在人间与天庭之间
搭建桥梁

很多时候我会一动不动
只是为了等待　一群鸽子飞过天空
盘旋而来　盘旋而去

凝望里的钟楼　兀自挺立
暗涌的河流　夹着疼痛
一次又一次涌来　消解古意
在子午线偏西　一个小女子承载不起更多的
忧虑

风休住
——致李清照

隔着众多的朝代与历史，我来看你
仰头相遇的漂荡　在浩渺的烟波之上
那些颠簸　不定　携带着创伤
撞入我的身体　骤然　涌起泪水
——满腹的悲凄

呵　天地苍茫　飘蓬一叶
四伏的危机与叵测　在怎样的路口狭路相逢
这人生的际遇　这浮世的烟云
我曾在声声慢中忧伤　在独上西楼中感怀
在人比黄花瘦中怜惜

一颗心在战栗　还是两颗心的战栗？
在百脉泉　我绕过东麻湾
画廊　流水　漱玉泉　站在这里掩面
流着千年前你的泪水　捂着今朝
我疼痛不已　一颗破碎的心

"风休住，蓬舟吹取三山去。"
"风休住，蓬舟吹取三山去。"

百家岩，访竹林七贤

一直走在寻访你们的路上
从一出生　就向着自然
太多的忧伤都压抑着心房　太多的困惑
因方向不明

我爱自然　爱自由　却无不羁　更无狂放
多的是借自然还魂　借草木言情
酌一盏清酒　也不敢微醺

今日至云台山到百家岩　只为觅得隐士的踪迹
听一声长啸在壁立的山崖间穿行
啊　我也想大声长呼　我也想放浪形骸
那需要怎样的才华与心智来支撑
一阵清风　传来浓烈的酒香
千百年的深深浅浅　一步又一步踩在了谁的
脚窝里

这初冬　花儿谢了红　草木放下繁茂
遒劲的树裸露出筋骨　我依山体拍照
在刘伶醒酒台前　睹物思人
听到铁器锻打的声音　那火红　那青烟
那撕裂　那闪烁的明亮
一直都在淬砺着光芒

这世界遗憾从来就不缺席　超然物外的七贤
却也有　分崩离析
此时　我一遍又一遍地听着《广陵散》
又听到了锻打铁器的洪亮

无端泪涌
——致李商隐

我曾久居于你的文字里　犹豫　彷徨
忧伤　迟疑
化解不开的浓重　积压层峦叠嶂
那些郁结的愁　弥漫了山河

我一再想借助歌舞　借助琴瑟
借助长箫短笛　借助一缕月光
而我的歌舞被取走
我的琴瑟被取走　我的长箫短笛被取走
那缕月光　也慢慢地被取走

我想放声吟唱　我曼妙的歌喉被取走
这一世　终是唱不成音　曲不成调　舞不成风
　　韵了
再也无需"心有灵犀""琴瑟相鸣"
一颗惘然的心　向理不清的纷繁低首
我已认领了今生

我已放下所有的虚妄　却来到了你的面前
那一刻
无端泪涌，心潮淹没了"锦瑟"

高山流水

一再说到苍凉　闪烁的泪花　来自冰凝的霜
我深得自然的道理　他给予的慢慢都会取走
春天已远　秋天渐深

越走越孤独　淡定从容　是用风华来交换
一边走一边看风光　我已不在其中
那些必要经历的，每个人都躲不过

我深得自然的道理了么　一株巨大的老槐树献
　　出的品酌
与风华正茂相遇　还是被盛开所裹挟　盛开是
　　一条激荡的河流
催动两岸的风　一轮月儿升起　低伏于月华皎
　　皎　低伏于花开

可以弹奏一曲了　春江花月夜　或高山流水
它们在我的生命中放置太久　喑哑的弦　重新获
　　得
光芒　尘年积压的灰已被轻柔拂去　水亮软化一
　　颗冷却的心

泪水涌出的一刻　是无限的苍凉　我用上凋零
　　用上残缺
用上无法圆满　用上一曲终了的离散　用上修炼
半生得来的沉静
此生绵绵无绝期的祝福

梨花清白

穿过众多的粉尘烟雨　山一重水一重
我来看你　飘摇的肉身收紧一颗羞愧的心
一再把思念埋藏得更深
在命运的坎途与卑微的生里　放低自己

似乎有太多的理由　漠视存在　甚至放下了
停留与抚慰　只是为触摸到三米高的阳光
离散与飘零走在路上

我已不会轻易说出你　不是为了雪藏
素朴与光芒
妈妈　哥哥和小弟　居住在那里
一经想起就会沦陷　更多的抗拒在抵御

在原平　我一步一步走近
满山的白　满沟的白　满世界的白
阳光灼眼　每一朵清白上都有我亲人的目光

黄桷古道

寂静挽着寂静　在黄桷垭口前汇合
蜿蜒的青石板　石磴盘曲的天梯云栈
一条回眸老君坡　一条途经老君洞
时光是一条旖旎的锁链　在一个又一个台阶上
品读　思索
攀爬　悬崖走钢丝　走料峭　走空谷中的一声
吆喝——

时光旧了　也在日日翻新
蓊郁的黄桷古树　虬枝粗干　接天连碧
年年吐出新绿
闲适　幽静　那些清逸洒脱的花儿
只开给自己　天上的白云又是多么
舒卷自如

呵　凡尘中有多少事都可放下
任由　西风瘦马　古道天涯
驻足　凝眸　望长江奔流　惟余莽莽
又是什么把寂静　还给了历史
还给了烟云里的繁华　马帮携带着商贾的锦囊
日夜兼程在川黔大地　兼程在唐宋的典籍里

晨　曦

紫色的蝴蝶蓝　饮着晨曦
我听到了又一朵　打开了翅膀

一缕风飘来　掀动书页　端坐在电脑前的我
正好把一切准备好　妈妈　您看
在美编到来之前　再也不差什么
刚好开始这一天的工作

我站起身　向窗外望去
杏花开过　梨花又开过　荆棘花粉白的香
围起篱笆　打碗花在晨露中　又伸展了几分
太阳爬上东边的山冈　凌河的水拥抱住阳光
我闭紧了双眼　水流还是从双目中淌出

妈妈，在这个清晨，您来过
将女儿从深远的睡眠中唤醒
"哐当　哐当　哐当"您拉动风匣的声音
沉重　铿锵　在北方山区寂静的清晨
它贯穿了我整个童年

洗　礼

整个世界都开始说雪
北方的　南方的都围绕着雪
我期盼着雪　是期盼一场甘霖　期盼龟裂的土

地
饮下琼浆　干枯的枝条荡起柳绿花红

我期盼雪　不只为这春风浸染
与你们一样　期盼无边的圣洁
将尘世洗礼
一些污垢积压太深　一些粉尘
堵塞了咽喉

雪来了　尘世让出了广阔　让出了坚硬
让出了喧嚣
无边的静谧抱紧素洁的呼吸
玉质的剔透　棉花的柔软

多么难得啊　网络里的大战
满天横飞相撞的电流
微信里的浮华　那些自我炒作与虚饰
那些聒噪　暂且
闭上了嘴巴　世界终可以
静下来了

静下来了　只有雪的声音　雪的白

不老的神谕

大雾弥漫　那么一阵有谁开始担心
路被雾困住　我不担心这些　向着王屋山行进
我相信感召　相信神秘的力

雾已渐渐散去　交出尘世本来的样貌
清晰起来的　树木　村庄
起伏的山峦　那些自然的脉络
回归流畅的秩序
山体呈现变换的质地　页岩　变质岩
那些恒久与瞬息的对立与相守

过桃花峪　初冬微寒　怎见无际的花开？
风的曼妙　那些语音的速度里
我们嗅到春天走过时　山林储存下的芳香
呵　已是穿越浓重的雾霾　几个世纪的变迁
我们只为对王屋山远距离的凝望
对众神远距离的朝拜
那些清远　那些淡淡的　那些凝重

这些已是足够　在千年银杏树下　在不老泉
我们快乐地回到童年　我们已获得
不老的神谕

槐花飘雨

我在子午线偏西发出信息，动用了
一冬的时光。那些树木的羽毛飘落后
便用树枝做笔，在天空写诗、画画。

我借用了风、借用了雪，借用了帝都天空中
少见的蓝，蓝里飘动的云。借用了夕阳落入后
　海
锦缎织染的华美。借用了银锭桥上的汉白玉
倚栏远眺、凝思不语。
有时，也借用了阴霾、它们的沉重
低低的哭。

突然的回归，是别有洞天，还是世事难料？
一个被抽打的陀螺
骤然停下，此时拥有了大片的光阴。
用以驻足、用以冥思。

我不是念动咒语，不搬运不挪移
只是借用了这里的
幽深、恬静、古朴，借用天空的辽远
蓝溪的精巧，吸引你
当树木指向天空，
飞过的不是雁阵、是鸽群
我只是借用它们，说人世恬静、时间潺湲。

戏剧性

要替那天记下的，还是始料不及
请原谅我在另一个世界中的沉潜
我总是陷入太深　我不是一个聪明的人
从来就不会蜻蜓点水　三心二意　更不会左右
　逢源
那精湛的技艺　这一生都与我无缘

我几乎相信了　那炉火纯青的戏人

他们是深得上天　或神灵眷顾的　鬼精灵般地
从一场戏很快又进入另一场戏　说假话的能力
无度的赞美　几近的能事　我在一边替了他们
　　脸红　忐忑
那些不安　怎么就长在了我的心上

而我此时说的戏剧性　与此无关
突然的一个电话　把我从一个沉陷的世界中惊
　　醒
仿佛上帝的责难　仿佛一个警察在审问犯人
可怜我的惊魂陷入了另一场孤子　世界如此荒
　　芜
伸手抓不到一棵救命的稻草

啊　没有谁知道　你是一个诗人　你会经常恍
惚　沦陷　迷惘　甚至此时的魂惊魄散
原于强势太猛导致的大脑死机
天啊　怎么又把我放置在了这样的路口
又一次清晰地感觉到了　那双无形的手
它的操纵　陷我于始料不及

从武林门码头到塘栖

尘世浩大　宇宙磅礴　个体生命是多么微小
小到一株草　一只蝼蚁　一粒粉尘
我在北方思念江南　在大漠怀抱柔软
宿命里前世的乡愁　那些恍惚

此时　我在这里　海棠娇艳　迎春鹅黄
樱花飞雪　绿将世界染醉
一条漕舫拿出全部的空间　用来放下
几千年的旧梦与现世的忧伤　那些逼仄与苍茫

多么安静　水波微漾　漫过我的心房
偶尔的鸟鸣　落入水中还有它们的倒影
金戈铁马　辽阔疆土　一脉水流贯通南北
君王南下浩大的龙舟　远去成历史的一个缩影

我在漕舫凝思　在喧嚣之外　纷争之外
时间缓慢　春风徐来　一曲高山流水拂去尘埃
这奢华的摆渡　让一颗挣扎的心
回归安稳　回归宁静　回归淡泊
抵达广济桥卧虹长波时　江南又起烟雨

涠洲岛之夜

我在这里　穿过苍茫的海
水光的波影与浩荡　海风涤荡尽尘世的重
那些繁琐　寒凉　焦灼　挤压
终可以　剥落层层的壳　舒松轻柔的软体

静海的船只　它们的酣眠　喘息与梦呓
被海潮带向遥远　一切都平息下来了　七七家
　　的糕果店
在我们走出后　关上了打烊的门
潘多拉也暂且收起它的魔力　是养精蓄锐的时
　　候了

打开窗　海涛蜂拥而入　一浪接着一浪　拍击
　　我的岸
此时　我拥有辽阔的海域　26.88平方公里的眠
　　床
整个火山岛　植物的绿　红花的红　以及黄的
　　粉的
它们的明鲜与众多的珊瑚　海贝一起　接受海
　　天大爱的滋润
它们与我在摇篮中轻漾

在这里　远方宝石翡翠的灯光　撞击的海涛
发出迟复两分钟的短信　触摸到我的柔软
与喑哑的忧伤　疼痛——
那些沉积的岁月　虚无的爱　虚无的人
我看着天光一点点放亮

有什么能成为永恒

✽ 娜仁琪琪格

时光倥偬，它飞逝的速度如疾驰的马蹄，一些事物在生命中已是哒哒哒的远去。仿佛自己是默立在时光之外的人，看着那些远去的事物，在苍茫中成为一瞬。

有什么能成为永恒？那些曾经用风华正茂投入的挚爱，那些以生死捍卫的纯真，那些在心头的重，那些横亘的悬崖与陡峭，那些疼痛与战栗，都在时光中成为往事。

而诗歌如一个巨大的魔盒承载了人生的不同阶段，当我们打开诗歌，翻动它，那些鲜活的，生动的，我们就乘着时光的舟楫，逆流而上来到眼前。我们就这样站在时光的此岸，遥望彼岸的一个又一个自己，直到把自己看得恍惚、看成幻象，直到把那一个又一个自己重新确认，在这样的凝望、注视中已是泪流满面。

时光老去，在它不断的斧凿、雕琢里，我原本还是那个我。那个忧伤的、敏感的、迟疑的，容易陷入、沉沦于某一个情节，某一个瞬间的，热爱美好事物，喜欢亲近自然，对世界有着美好信任的小女孩子，一直都居住在我的生命里。

没有什么能真正地改变我们，能改变我们的只有自己的那颗心。

庆幸此生与文字结缘，感恩诗神的眷顾，赐予我诗歌这个法宝。获得诗歌这件法器，这一生就走在了取经的路上，这么说写诗便是一条自我修炼的路，诗歌是一生修炼的场域，是不断发现自己，找到自己的途径。

我怀抱着诗歌这个法器在尘世间行走，在某一瞬间的驻足与凝眸，它便在我情感的波涛或微澜里，发现并提炼了某个真相。它洞悉世事，也穿越古今，它颂风吟月也质疑现实。写诗时的我，已不是此在的我，写诗时的我也不仅是我。诗歌的能量是无限的，在某一瞬间，它便展开了无限的疆域，你再开口说话，你说的已不是你要说的话。是的，我说的，已不仅仅是我要说出的话。当我在经历了人生的波折，走过了陡峭的路途，再重新回到旧鼓楼大街时，仿佛经过了一场梦，而又置身于另一个梦境里。冬日萧瑟，凝望里的钟鼓楼，现出多重的意象，暗涌的河流推拥着物是人非一起撞击我的心堤，"在子午线偏西　一个小女子承载不起更多的／忧虑"。当我站在李清照画像面前，突然撞上胸膛的满腹悲凄，仿佛坐在船上的不是李清照而是我自己，我深感天地苍茫，飘蓬一叶的动荡、凄楚，那时我流的泪水与绝代才女的泪水重合。当我来到河南荥阳站在李商隐面前无端泪涌，心潮淹没了"锦瑟"，是我的灵魂穿越了千古，还是这位唐代大诗人的灵魂就在这里，与我的灵魂相撞、对接？

诗歌中装载着诗人神秘的生命密码，它就在某一处，等待着某种汇合。天与地、花草流水、自然万象，它就在其中。

有什么能成为永恒？惟有诗歌使生命常新。Z

陈 翔　东润枝　李昊宸　立 扬　伯竑桥
向 尧　宋 逸　田丽雯　郑杨晓涵
周 斌　王灵斐　鲁 海　北 北

陈翔　　CHEN XIANG

1994年生，江西抚州人。武汉大学新闻系2012级本科生。获樱花诗赛三等奖。

旅　途

他们坐在青铜器中赞美生活。
窗外的树像纸牌，在春天表面

接龙。雨霁，山丘更加明亮：
绿的焰火，如幢幢楼阁凸出海面。

他们摇晃自己的身体，听
酒精的波浪，风的縠纹。

忽然间一种力浮涨，升起
他们的肺，在直袭云端的刹那

抛回。俯仰之间，他们失重
有如整颗星球，跌进雷的回声。

风继续上升，升至夜色同一水位，
它骑上石鹿驰骋，越过星座栅栏；

他们的触觉在急遽缩小，愈来愈
接近后视镜中明灭可见的村庄。

局外人

我打电话给妈妈。车厢里
　她的声调，瑟瑟如一片云。

信号的雪球，沿电磁波滚动
　从右边，滑入我身体的隧道。

空气中，这哽咽的曲线
　正蔓延成一场持续降雪。

它潜伏在屋檐下，侍候
　每个人，就像雨季侍候雨。

"人死不能复生。"我知道
　说什么都没用；我还是说了。

我把手伸向话筒。如果可能
　伸向两千公里外，她起伏的脊背。

但不可能。她在哭，她在哭她的妈妈
　她的妈妈昨夜死了。

东润枝　　DONG RUN ZHI

1995年生，天津人。华中师范大学文学院学生。

他的头上长了蘑菇

撑着一把天堂牌雨伞
曾经也有陌生人质疑，那是一把无法辨认的
太阳伞
分明有雨珠滚落，呼喊

来自远方的雨声，自然
奋不顾身寻找人间中的天堂
地面不等于地狱
雨神从来都这样吝啬

踮起脚尖，伞下的人逃向鲜美的鱼汤
一个个
跳跃的蘑菇再也梦不到
晴朗的山月

离2015年结束还剩几个星期日？
等不及擦干伞上蠢蠢欲动的心跳

将未来的你置于窗前，我用冰冷的手指
呵出专属黑暗的模样
在碧琉璃窗上
见识到了生命的迹象

他的愁

犯闲愁的人，会在午夜写诗
像你我这样
并不会收到明早的太阳

看夜色私语，听目光如炬
他承认自己变成了精神病院的一株植物
一切没有了秩序
他的双手操纵不了黑夜

一页纸挤不下天明时的思想
我将笔尖指向异端，再也见不到黑暗中独自存活
　的
莽撞少年

形形色色的字体，会寄生在哪一本诗集
见不到光明，门前的客栈忘记点灯
在祈盼，一次次靠近
一遍又一遍遇见
深夜来过　看见游走在方格纸上的魂魄

破晓　是一场情不自禁的经过
经过本该属于黑夜的光怪陆离
那里没有精神病院的肢体
没有纸醉金迷
只有犯闲愁的诗人　在唱和
毫不相干的诗词绝句

李昊宸　LI HAO CHEN

河北人。华中师范大学文学院中国语言文学专业2014级学生。

火车上

我目力所及
没有青葱、飞鸟、行人、铁轨
速度开启了所有人的疲惫
咸鱼失去海水
浑浊的吐息中，鱼龙一般黑

夜色和鼾声破窗而入
形形色色的人
对着陌生进行支配和侵略
一个人把自己
交付给大地
倒出自己叮叮当当的骨架
身无分文
一个女人对着她的世界
逐渐失去了耐心

所有的站台开始下降
沉重的身影中，人们不断努力
使自己保持新鲜
对于目的地的全部想象
越来越倾向于车站与车站之间
长短不一，但每一站都可供人出入
仿佛每一站皆是故乡

风不停地擦拭车身
像舔舐一条贴近心脏的伤疤
我疑心这是一场预谋
成群的旅人驮着自己
各个时期的自己
在过道里奔跑
慢镜头的回放使我感到恐惧
在这幽闭的空间里
我几乎完成了生命的全部旅行

写给母亲

我的天气预报每天都是大雪
这是我终年
未曾走出的他乡
把故乡背在身上的人
心比日子更加嘹亮

某些挥发于夏日的年轻
此刻开始后悔，东湖的波纹分娩春天
也分娩雪
凭借雪花接近我
我会报之以狼的温驯

让风回到天空
让日子具有温度
让一个温暖的人在家的门口
抖落一身的大雪
关于那座城市、河流、原野和谷地
被置放于地下的氧气
向上升腾

疼痛庞大而缓缓无期
我用一个词语的速度
缓缓地累加
今夜，我会被雪声紧拥入眠
远行之人
因与远方握手
终日泪流满面

立扬 LI YANG

本名王立扬，1991年生，河南封丘人。武汉大学文学院中国现当代文学硕士在读。

印象：冬暮

大地易于承受，雪落了几声，
几笔冬枝刺上天。西风降落，
真相下一片严寒。

树仍在沉睡，泥巴砌起的墙
正在一层又一层地溶解。

水飘不动了，砌成干枯的物体。
天空是飞起来的一面浊镜，
月是垂下的，鱼钩。

飞鸟呵！飞鸟总在冬里停滞，
而一些新的，又悄然开始。

此 刻

他立在人与人的缝隙里，沉默。
不远处，一颗冰凉坚硬的棋子
正被陌生的食指与中指轻轻夹起。

再不远处，青苔渐渐地染上行道树。
墨绿的洪水哦！墨绿使他窒息，
而他闭上了双眼，合上这场灾难。

在更冷的前方，他看到破碎的高楼
正向着沥青马路一寸一寸地展开
这座城市的内脏。

"鱼贯的汽车尽是邋遢的孩子"
他们自顾自地奔跑在这荒诞的城堡。

是呵！冬天走后，春天来了。
无数昆虫，草木，季节的死亡被我们遗落。
他将这些一一收起，埋进下一个冬天。

哀思一种

你从雪里来，又走向更远的雪，
天地弥合，巨大的安静把你吞没。
我在灰色的沉重里摊开臂膀，
像雪人。没有人听到它的呐喊。

或者你从沉默来，走向更深的沉默。
我无法打开你，就像无法惊动
油画里一只发呆的猫头鹰。
我是鸟的猎人眼中的惊弓之鸟。

飞羽。没有任何事物比这更昭示未来，
当我孑然一身，对付如此大的空旷。

空旷。多年前当它如大雪般降落，
你比任何时刻都更轻易地进入我。

伯竑桥 BO HONG QIAO

笔名板寸，1997年9月生于万州，长于成都。武汉大学中文系2015级本科生。珞珈山诗刊《十一月》成员。

下 午

下午四点我结束了一场烹煮
醒来手边似乎有雨在等

仿佛从自然习得

原载《上海文学》2016 年第 5 期

杜涯的诗 〔组诗选二〕

杜 涯

立 春

第一批东风率先拍拂了屋顶
拍拂了窗外的树林，树干上的阳光
阳台上挂着的方格围巾飘拂了起来
去往纺织城的路上，风把一个独行人的
衣衫欣起，把路上的烟尘和往事都吹散

寄来的浩荡也是修复
东风把小手伸向我：它从我心中取出
忧郁，放入草药——
冬和春，完成了一次完美的交接

也有怀想，"在深情的从前，立春日、帝率诸侯大夫
旌盖迤逦，去东郊迎春，祈求顺年，雨水，丰收，民安。"
也有真挚的穿梭，买菜，争执，踱步
草民们在春风中仍生活得痴情

而田野上、风一阵一阵地脱去了料峭
大地渐渐从刚硬变得柔软、温润、洁净
远处的道路上，柳树与杨树错列并摇摆
春晖后的地面纯净得如一棵早樱花的心

我倚靠在阳台，细察岁月
这初始的春风确是从河谷中而来
从两公里外的河流上而来
它带来了我们周围事物的浩荡
带来了昆虫、带来了露水
带来了千里蔚蓝，依然走在赶来的路上

紫楝树

五月的紫楝树立在旷野当中
一树的紫色繁花像天上的星星散落

万物的回答还在喉咙里翻滚
阴天是世界说话的惟一方式

梦不仅俗，而且荒芜
无力感让旧原野老得理所当然

这一瞬，我把自己缓缓发泡
远方的木耳正穿过首尾倒置的森林

别害怕，如果厌倦这座孤岛
词语的洋流将送我们去到陌生的子宫。

面的缘分

在雪白的夜里行走
世界是一串支离的灯花

面是夜晚静谧的河流
我看见它逆流而上
洗刷你的风尘仆仆
对座的你
投入地禽忽
屋外天桥轰隆作响
城市被卷入不安的纷乱

白天
你在大厦还是工地
我是飞奔还是迷惘
世界与我们
合着面的节奏
感受夜晚的阳光

这是北京
做梦的地方
有人梦到了汉唐
有人梦到了面汤

纳木措俳句

蓝色的湖
印着月亮

雪在天边流淌
夜还很长

天光下的云影
流逝没有痕迹
仿佛是鱼

水边的安多少女
波纹漾出她的绿衣
抽身而去

湖只是一个瞬间
它会精致，苍老
以时间的速度
和我一起

向尧   XIANG YAO

本名向浩源，四川人。华中师范大学文学院 2013 级本科生。

姑娘与树

多年以前我见过，一个小姑娘
她不停地对着一棵树刮
刮它的皮，流出绿色的血液
一个小姑娘和一棵树有什么关系？
答案是否定的，也可能是赞美
但她伤害了它，也伤了我的心
我以为姑娘都是美的，树也是
从此以后我乐于见到
一棵树在拦腰的地方被刷上白漆
整洁 甜蜜 无限的安全感
抵御你心里的小虫
或者可以往上一点 刷过头顶
刷到天上去？没有关系
那又怎样呢，你没有见过白色的树
我见过。我还见过那个小姑娘
吐出獠牙，吃着树木坚硬的肌肉
多数时候我会感到 孤独啊 么么哒
无聊啊 唱首歌吧 那首歌帮我记起
某一刻 姑娘是吃草的
她们永远美丽，姑娘生气的时候

就让她安安静静地吃一棵树吧

深水区

河流从两座山中最深的地方走来
踏一路嶙峋的碎石
像祖先奔赴过的迷途
那里山高水浅，
山与水互不相欠
浅水走到桥洞下变成深水
恰好路过我的童年
它看见弧形的天空
石头做的锅盖
水里的光倒映在这样的天空
形状神秘，空灵又无奈
如同所有在我的童年中
一闪而过的事物：
它看见心跳加快的少年弓着腰
打算以身涉险
直到一枚玻璃碴像命定的刺客
噗嗤一声划破我的脚掌
我的确体会到了
深水区的精彩
我摸到红秋裤，黑枝丫
此刻，我比划着那个
虚无的伤疤
在这里我心跳加快
如同那里有我们赖以生存的悲哀

宋逸　　　　SONG YI

90后。重庆交通职业学院道桥系1415班学生。

大岭湖枫树

天空下，看惯了湖水
迎着陌生的面孔
将春秋轮回的经文一再朗诵
也止不住鲜艳的背影纷繁而下
在这个冬天，总算暗自落得一身轻松
世间落木不可重回枝头

一定是害怕遇见
那些一生都偿还不清的人

冬日哭

整个冬天，万物都在不停地飘落
我所接触到的柳树、湖泊、飞鸟
还有人群，都日复一日地飘落
我独自走在下面
将他们遗留的残骸，整齐地堆放
我看见，那一排排柳树
在秋天的辉煌中，鲜黄的影子
风吹着它们向这个荒凉的冬天，一步步靠近
没有谁会来承认我内心的敏感
和那些早亡、飘落造成的内心的丢失
那些冰冷的河流，在这个荒芜的冬天中
仍然在暗自不歇地穿梭、游走
像捆绑一个雪花下的阴谋而忙碌不已
整整一个冬天，我抬起头
望向盛大的天空，就从未曾放下
那些盘旋着的孤独的飞鸟
不断重复着远去。天空下一切都在凋零
我听见那些轻微而疼痛的声音持续传来
告诉我这个冬天所有疲劳的意义

雨　水

重庆夏季的雨水
除去雷声，依旧沉默坠落
这一过程无人问津
包括辞别天空，裸身撞击大地
以及抽搐痉挛和尘埃落定
犹如喧嚣回归本质，生命归于沉寂
在此之余，便是大雾笼罩，一切深陷迷蒙
像一个人的一生
一旦起雾，就难以澄清

田丽雯　　TIAN LI WEN

湖南人。华中师范大学文学院师范专业2013级学生。

春日，窗口的阿桑

阿桑你在望向哪里
你的眼睛，春风在洗涤黑色的树林
半倾着双臂朝外
像一对翅膀如此接近天空
阿桑，你一回头
就使我想起深冬的原野
夜降大雪，迷失的牲口边走边喊
声嘶力竭地喊
阿桑你回头看我，目光多么安静
远处有湖水，仿佛倾斜的大海

河　岸

凌晨出门
沿着无人的街道一直走下去
路灯晦暗，
只有你的脚触碰大地的声音在回应你
前世是，后世也将是

今天我到过无人摆渡的河边
河雾笼罩的水面像青色的林莽
有多少岸边人在此中沉睡
就有多少人在此中醒来
远处堤上的两个人，一前一后
走得不知深浅

郑杨晓涵　　ZHENG YANG XIAO HAN

四川遂宁人。华中师范大学文学院汉语言文学试验班2013级学生。

一粒逆行的松子

你可以看到
河流是有界限的
常年逆流而上的鱼
脊背长满倒刺
一粒在空中飞行的松子
拒绝重力
少年和灌木丛在黄昏拔地而起
一粒逆行的松子把鳞片嵌入土地
好像一颗飞向地心的子弹

鲸

从尾椎骨一路往上
一块　两块　三块
我想到那些筋与骨之间的灰色地带
它们多么像我
像没有壳的软体动物
爬行在坚硬的砾石路上

把鲸鱼放进浴缸
我就像风暴过后它头顶上生出的苔藓
和浴缸壁上长满的青草
更像在冰冷的阳光中醒来的一粒微尘
在偌大的阴影中
无处安放

白日梦

身体期待着什么
她说
洁白的床单　干净的消毒水味
光脚踩在木地板上冰凉的触感
还有　柔软

不　禁止想象
夜不能长
早晨的红豆薏米
还在黑漆漆的锅里
悄悄膨胀

膨胀
又让她想到其他的　物体
一条在笼子里干枯的鱼
困在凌晨两点的捕梦网里
人间的流年　倦了
我爱你你爱他他爱她
真情假意
幸运的陌生人
只消随便抓住一只手
管他是谁的
一颗心

周斌　　　　　　　　ZHOU BIN

湖北黄冈人。华中师范大学文学院 2015 级学生。

这是一个木头瘦长瘦长

这是一个木头瘦长瘦长
所谓歌唱，是它放弃了沉默，向往光明
它爱慕的太阳
在草地上低低地盘旋，羽翼纷飞

这一个木头黑瘦健康
像河流一样倔强，既不回头，也不转身
阳光下它流着汗液、眼泪
在你脚下，被喂养的地球开始膨胀，充满幸福

我才发现在人来人往的世上
拥有自由的木头就剩这一个，又瘦又长
你也知道，大多数木头生活在树上
忘记了名字，称自己为树，从不开花

这定是世界上最自由的树
天空为证，在它面前
自由的神变得忧郁，钟爱蓝色的衣衫

这也是世界上最幸福的树
幸福为证，遇见它后
连满足都不再知足，追寻一片虚无

当然，我也可以作证
那瘦长的木头歌唱时，我就在它身旁
以石头的名义存在，从呼呼大睡中醒来

雨夜（或无题）

一场雨落下是毫无征兆的
一阵风吹来是毫无头绪的
与此同时，我又死去一次，小心翼翼
来到这世上，不再纯粹地活着
开始谈论生命或是其他符号，死死抓着的一只
　手，你存在
一种黑色的依赖不会散去
水和空气必不可少
一次赞美也未尝不可，脱口而出的爱情
是一场雨，沸腾的尘土泪流满面，浸透了你的鞋
　子
你的脚印更清晰
大地之下才是土地

王灵斐　　　　　　　　WANG LING FEI

山东临沂人。华中师范大学文学院汉语言文学试验班 2013 级学生。

衰 老

我未曾发觉
白色，趁夜爬上发梢
镜子添了一道纹路
我开始恐惧
在嘲笑了二十一年后，步入后尘
同父亲一样

然而，我和他终究不太一样
高压、失眠、营养不良
青春的高利贷
漫长，而且高昂

我呆坐，身处沙漠
带着干渴
与对干渴的恐慌

父亲更加透彻，于是
平整了花坛
从温暖到昏黄
家里的老狗将在这里埋葬

十二月二十八日，今年的最后一首抑或是不是

博雅广场有两棵树
一棵很像另一棵
地下的部分归你，剩下的
归我，捎带着一轮月亮

我们生于泥土
也死于尘埃
身上夹带着，一棵
或是一具的遗骸
我将老去，你也将腐烂
树叶明年依然生长

你说，白昼很短
你说，白昼很长
你扯着根茎轻轻摇晃
你回家的那年我
迷失了故乡

鲁海　　　LU HAI

90后，贵州毕节人。贵州轻工职业技术学院2014级汽修一班学生。

与故乡有关

我发黄的牙齿与故乡有关，多少个黄昏
记不清楚，走过多少个太阳
照着山上的石头发黄，石头有多黄
我的牙齿就有多黄

我发黄的牙齿与故乡有关，多少泥土在沸腾
黄土高原的土地在发黄，有多少煤，有多少岩浆
我的牙齿就有多黄

母亲的乳汁发黄，土地上的庄稼发黄
我的牙齿就有多黄
医生和人们总是喜欢问我
你的牙齿为什么那么黄，千疮百孔
阳光发黄，泥土发黄，庄稼发黄
我的牙齿就有多黄

我只知道，当牙齿白了
我早已被埋葬在发黄的泥土里
与故乡有关

一　生

就算没有春风，就算没有春雨
鸟儿都会站在枝头高歌

走过田野，天空像一条长鞭
抽打着父母的年轮
我们都很难想象，人民的疼痛
像牛颈上的裂痕

走过山村，大地像一把锄头
张大嘴巴，它不锄草就站在那里
父母的双手，吓出老茧
我们都很难想象，人民的艰辛
是锄头刀锋上的血泪

在泥土里忙活了大半辈子
把生命交给了土地，日夜操劳
像月光一样坚守着黑夜的天空
如果明天的太阳从西边出来
这便是他们的一生

北北　　　　　　　　　BEI BEI

本名王国全。华中师范大学文学院2015级学生。

入秋后的拉卜楞寺

入秋后
天开始变凉
星星在头顶上打起寒战

在拉卜楞寺
僧俗们煨桑点灯
转经的信徒们裹挟着神佛

夜深了
灯火缭绕
弥洒一片
没有天
也没有地
只有一把旧弦子

黄河谣

黄河的水
故乡的雨
月亮下
有十二只鸟

阳光打在地上
我埋了羊骨
飞雪撒在河畔
我撑起筏子

盖住城市的尸体
坐在锅沿上
对着黄河唱

在我的五脏六腑中
黄河不停地流
日头不歇地走

青海湖畔

青海湖畔，佛教徒
青铜般的吟唱
如一页羊皮卷缓缓展开
粗糙，苍白，短促

远出阳关
西望青海

西宁如旱地码头，风雪弥漫
羊群怀揣祭品，行至黎明
满脸锈迹

三十公里外的佛教圣地——塔尔寺
轰然坍塌
朵拉属于羊群

李少君　于坚　杜涯　李南　韦锦
晓雪　张烨　亚楠　南鸥

李少君的诗 〔组诗选三〕

李少君

桃花潭

桃花潭是最立体的一个古董
以潭水搅拌古木、青苔和浅草融成
上面还描绘着山水、流云和雾霭
连潭影和摇曳的翠竹都是古色古香的
小心翼翼地捧起来轻轻摩挲时
手心很容易感受到那一条条细腻的微妙笔触

桃花潭是封存千年的一坛好酒
鱼和山笋烧制的佳肴，香气腾腾
喝着这一坛李白未来得及喝完就已醉倒的美酒
我们在万家酒楼上，击掌而欢，一醉方休
咀嚼之中，诗兴消化成了一种美的发酵物
在心底积蓄，最终宣泄而出，发为惊天长啸

桃花潭还是自然天成的一个音响
清晨百鸟啾啾、牛羊哞哞、人声渐起
黄昏，小溪从山间汇入青弋江的寂静
被对面渡江而来的小船的桨声划破……
余音未了，又一条鱼泼剌一声跃出水面
夤夜，终将纷纷坠落的桃花——消声

酷 暑

堆积着的枯叶散发烧焦的气息
日复一日地聚拢、压缩、积蓄
最终成为一点即燃的巨大火药桶
轰然一响，碎片四散，烟尘滚滚

所谓的怒火也是这样炼成的
一件一件的小事触发，仿佛引线
怨恨的毒素，剂量逐渐加大，日趋浓烈
猛然间火焰一样爆发出来，向外喷射

酷暑中万物窒息，闷热压抑的大地
需要一场狂风暴雨来冲刷和宣泄

上天回应的却是一顿劈头盖脑的冰雹
这从天而降的石头一样的外来之物啊
谁也无处躲避、谁也无法幸免于难
一只蚂蚁刚出生就被砸破小脑袋

那些曾经相爱过的人现在视同陌路

春风还是清爽依旧
春天还是桃红柳绿
那些曾经相爱过的人
现在却仿佛陌生人

他们在同一座城市里居住
却再也见不到对方
他们去异地旅行或流浪
也不再惦记彼此
深夜醉酒后、他们打出的电话
是给新人的
即使在梦中，也不会再浮现
他们曾经以为永远不会忘记的
油菜花开的季节里的那一次江南之行

他们真的已忘记了往日
只有那棵见过他们争吵哭泣
后来又搂抱亲吻的梧桐树记得
只有那只听过他们说
要死也要死在一起的鸟儿记得
他们以为会刻骨铭心的那一夜
只有1987年5月16日
俯瞰过人间的那一颗星星记得

原载《扬子江诗刊》2016 年第 1 期

于坚近作 〔组诗选三〕

于坚

花 匠

在一条大道上　路名我记不得
有个花匠在为阳光照亮的花圃浇水
他的姿势太过时了　小时候我就见过

围着橡皮围裙　穿着水靴　紧握暗红色的橡胶水管
一按龙头　水流就从他小肚那儿喷出
瞬间　仿佛获得了男性们梦寐以求的生殖力
白色的水柱　倾泻得那么强劲
仿佛有一个密封着的大海破了
哦　他找到了某种开关　立春的第九日
园林局派给他的活计　他的任务　依据植物学
这么说有点刻薄　斤斤计较容易忽略世界的要领
在这样的混乱中　我宁可错觉是神派他来
他的金马车闪闪发光　还停在天上
恩典过处　花朵先是潮湿　然后更热烈地洞开

车站谣曲

当局换人　路线于是改变
车站尚未使用即被废弃
路中的人们不知内幕
他们习惯性地看见车站就停下来等
抽一支烟卷儿　喝干水　直到天黑才离去
就像古老的流浪者背着袋子
瘸着腿走出这荒凉之城
我听见他们在天空下唱歌
必须信任还会有车站
下一站　另一个站　否则怎么走？
多美的背景呵　在一栋空楼的拐角处消失了
世界骗不了这些快乐的人　他们带着歌声
鸟儿也将这里当作落脚点
它们蹲在生锈的顶棚上拉出漂亮的屎粒
将塑膜踩得叽叽喳喳　它们的站要多些
在那星空下摇晃着的电线是
附近的那棵桉树也是

秋

打桩机歇了　松弛的钢丝绳在晃动
就像附近那些将被根除的树林
死亡早已濒临　它们依然应和着风
悲伤的琴弦　簌簌抖去工地强加它们的灰
那台机器延续的是战争时代陈旧的思路
笨重　固执　冷漠　一揿按钮就志在必得
这阵秋　令这台重型机械与世界的关系
缓和了一点点　摇篮般地轻微　小心

不知言辞的小路通向它，除了梦想
它不会有似水年华的暗伤

远离城镇、村烟、声喧
也远离亘古盛名的观念

它孤单，高傲，寂静
像星座，像一处人烟稀绝的村落

它空旷，仿佛大地上一应俱全的紫色的城
它闪亮，像世界上燃着的最后一盏灯

五月的紫楝树
我要做你地上的美邻
我要活得像你天上的星辰一样

原载《扬子江诗刊》2016年第3期

李南的诗 〔组诗选三〕

李 南

我有……

我有黑丝绸般体面的愤怒
等待滴水穿石的耐心。
我有一个善意人
偶尔说谎时的迟疑。
我有悲哀，和它生下一双儿女
一个叫忧伤，一个叫温暖。
我有穷人的面相
也有富人的做派。
我有妇女编织毛衣时的恬静
也有投宿乡村旅店的狂野。
我经过吊桥
小丑在城楼上表演。
死亡早已瞄准了我
但我照样品尝新酒，哈哈大笑。
我有傻子和懒汉的情怀
活着——在泥洼里、在老树根下。
我还有这深情又饶舌的歌声

谁也别想夺去。

醉酒歌

这一杯，为了我糊涂的前半生
如同深山中的草木，不知前生和后世。
这一杯，为了那些先我而去的亲友
有时，我在梦中去拜访他们。
这一杯，为了南山路61号
叫"黑子"的狗，小院里开着罂粟花。
这一杯，为了我戴手镯的青春
爱情画框中渐渐淡出的恋人。
再来一杯，为我的老妈，也为天下的老妈
愿上帝取走她们的疾病和疼痛。
这一杯，遥寄美国诗人史蒂文
隔着重洋，我们甚至永远不会相见。
这一杯，为了在座的各位
一起在黑夜中守望黎明。
这一杯，祝宇宙间的生物安好
雁阵，麋鹿和秋天跌落的野果们。
这一杯，为"祖国"这个名词
它身体的神经裸露在外面。
倒上这一杯，为琴声，为教堂，为祈祷的蜡烛
为我们女孩眼中的清澈……
最后这一杯啊，
天！这是自戕的毒药——我实在无法干掉！

在你面前

在你面前
我看到了世人看不到的奇迹
在北方高高的秋天，我居然看到了南方
金色的稻田。

我本是尘世的一粒沙子
你却把我从泥土中高举
在你里面，我安静下来
再也不怕闪电、鬼魂、
生活对我的侮辱。
在你里面，我第一次看清了自己——
有点羞怯，有点矮小
像一个初生的婴孩。

韦锦的诗 〔组诗选二〕

韦 锦

去下雪的山中打猎

这并不刺激,寒冷使我们不无懊丧
贫穷让时间　走上小路
鹅掌楸,黑橡树,多丫杈的白皮松
对任何脚印都提高警惕

一只小鹿出现让人紧张
猎枪长长的,枪膛里没有子弹
瞄准,勾扳机
不击中它,是让它跑远

在枪套上刻痕,计数,看我们
能放走多少机遇,谢绝多少恩惠
天黑以前,回到屋子

雪在锅里融化。
眼睛里的亮光正好看见,窗对着窗
你伸出手,大笑之后翘着嘴角
看吧,看我们坚持多久。

还要多久才能洗净

你说太小了。太小太小的,纽扣一样的
小花园,还要多久
要多少微风和水,才能把你
从头到脚——洗净

像刚喝过咖啡的嘴对着镜子
你对着遥远的亲吻
夜深灯暗的椅子,一只脚踩着

横梁。小提琴在高音区
调低音量,色差和波长
欲望号桅杆反侧着身子

可见的花园依赖一盏灯开合
(它颤颤地仰视飞蛾——那莽撞的勇士
一落入黑暗,它就以为光不再来了)

赤足的人,提着木桶,提着
前半生,在夜色中心
慢慢洗一座花园

他不像我的诗句,急切地
追问或叹息。但对我们
不经意的唾沫,会突然瞪起眼睛

晓雪的诗 〔组诗选二〕

晓 雪

画布上的玉米地

调色板上,一场清晨的薄雾
撤离田野。玉米在太阳底下
被镰刀放倒。疼痛的自由
遗弃田埂。外衣,层层剥离,
赤身钻进憨厚的麻袋。

金黄，按捺不住沸腾，
把丰收引向一片朝圣的
领地。

隔 开

如今，那条河（黄河）
已不能把两岸的远和近
隔开，不能隔开桃花和阿芙
玫瑰的香气，连虫鸣与
电话中的抱怨，
——他们的对抗、混响也
不能隔开。有风的时候，
它浪高，身重，只掀开
思绪的一角。分离水上的
雾和岸上的霾，成了
惟一的职业。一度

它拿夜间暗流，那深沉的
涛声处理车鸣和躁动，
拿水面晃动的星星减弱
城市反射过来的热和光。
为守着天鹅的高傲
和芦苇涨开的白雪，它要
将沙子和灰尘隔开，
直到蒸发成最后一滴水。

以上原载《扬子江诗刊》2016 年第 3 期

灵魂的杀手
张 烨

1.街景

走在大街上
脚步，回响在月亮
地面的每一分钟，强化我的
贫穷意识。贫穷意识
一种紫色的射灯从幽暗的底部
将灯光向上投射整幢高楼
高楼像巨型的紫玻璃
我又经过巨型的金玻璃、绿玻璃、蓝玻璃
街景透明易碎
我不敢，用手指捅破它
我是囊中空空的局外人，大千世界
一个漂流的诗的符号
街景一天天陌生起来，昂贵起来
硕大无垠，如同思念
我走在大街上
脚步，回响在月亮

2.一个简朴的小酒吧

我喜欢这里的清静
简朴的艺术氛围
烛光幽幽，瓶内只插一枝玫瑰
没有甜腻的港台流行歌曲
没有多得不能再多的沙哑嗓音
此刻情绪处在最佳状态
我要了一杯雷司令慢慢喝
拉威尔《波莱罗》旋律牵动那朵玫瑰
将我从小酒吧引向大沙漠的空旷
陡然来临的创作冲动
我摊开纸，开始写《世纪末的玫瑰》

3.恐怖的黑色音乐

不知什么时候《波莱罗》被撤了
换成了《黑色的星期天》旋律
我仿佛感到坐在角落里的一位男子
在悄悄注视着我，目光阴冷
我难免有些紧张
一位年轻漂亮的女士突然高声喊道
"这音乐，我实在受不了啦！"
她猛地举起酒瓶，砸开自己的脑袋
有人推开桌子，"杀人的音乐！"
火光中一幢幢摩天高楼
冰淇淋似的瘫软下来
男男女女捂着耳逃出酒吧
我依旧恍恍惚惚坐着
黑色的星期天，恐怖的魔咒

无法忍受的刺激与悲伤
如同烈性酒灌进我的心中
我好像觉得两腿断了，淌着血
一个自杀的念头诱惑着我
但音乐很快消失了，一切恢复原状
像重砌的高楼，不着
毁逝痕迹，残酷的表情
再现世纪魅力

我的内心
长久地回荡着世界毁灭的声音
不是惊天动地的巨响
而是玻璃杯轻轻的一声破碎
而是一段低低的流泻着苦难的音乐
哦黑色的星期天音乐
集整个宇宙凄怆的灵魂之声

4.与陌生男子的谈话

A)角落里的那位男士正风度翩翩
走来。在我对面默然坐下
顺手拿起《世纪末的玫瑰》
我不作声，心中厌恶他的无礼
"女人有灵魂，有思想
实在不是一件好事情，世界的秩序
要打乱了。"他边读边调侃
我鄙夷地从他手中夺回诗稿

B)"你看你看你，直来直去
这，叫什么来着？扫兴。性感，你不懂？
你缺乏身体意识，吸盘
有着个吸盘不用，蠢
谁愿意炒热你？
所谓文学，生生的葵花籽
要炒一炒才香哪
盖着权威印章，毛茸茸的炒手
家天下，帮派天下，哈哈
够瘾，真够瘾，真他妈的够瘾
怎么样　要不要我替你想想办法？"

C)"你够无耻。但也不无道理
人间有清泉
乌鸦也有白的。再说

我也无所谓，不在乎。"
"那你在乎什么？"
"在乎我的心，我的灵魂。"
"灵魂实在不是一件好东西
实在不是一件好事情啊。"

D)"你想独立？
独立一词是我辈拿来骗人的谎言
藤萝依傍大树，天经地义
就好比小姐傍大款
独立是一块美丽的大石头独立是一种悲剧美
当它成为路障
人们就会毁了它，粉碎它
推沉河底，别想浮出水面。"

E)"宁为玉碎，理想万岁
所谓理想就是在疼痛里不改变意志
为理想而痛苦算不得什么
最怕滑稽的时代
让理想出演滑稽
连空心的稻草人
都能向它泼撒酸雨鸟粪。"

F)"中毒不浅！中毒不浅！"
他开始默不作声。可我听见
独裁者眼睛发出一声声叹息
叹息化成雄鹰，嗖的一声
飞出酒吧的窗口消逝在天际
"你真像一个顽固透顶的医生
推着针筒，把理想注入玫瑰
毒了香柔的花瓣。"
"理想有毒？"
"理想是另一种海洛因
开始上瘾，最终献身。"

5.袖内的枪口

无聊。我起身欲走，无聊
"小姐，你一点也不想知道我是谁？"
"你是谁我有在意的必要吗？"
"我只是想帮帮你的忙。"他讪讪地说
"谢谢。可我并不需要你的好意。"
"不，你很痛苦，一直很痛苦

灵魂长满了思想。"
他确有吸引女性的魅力
我开始有点喜欢他
我问:"灵魂是附在头脑还是心里?"
"灵魂无时无刻不在体内游荡,灵魂
是极难击中的,特别像你这样——"
嘿嘿!他极不自然地笑笑
宽大的袖口好像在掩饰什么
我一眼瞥见他袖内的枪口
我惊叫一声,抡起烛台朝他扔去
头也不回地逃出小酒吧

6.深夜,又一种街景

身后传来追踪的脚步声
在深夜的大街我四处逃窜
狼似的嚎叫,没有一个人来援助我
枪响。子弹从身旁、头顶呼啸而过
我藏匿在一堆废铁后面
那个男人在怒吼:"我原不想要你死
只想射杀你灵魂,你别想躲过我
灵魂射杀了你照旧可以活着
我最难以容忍女人灵魂的高贵、深刻。"
在深夜的大街上,我披头散发
恐惧而沮丧地寻找灵魂的栖息地
感到需要宁静

1993年1月

选自诗集《隔着时空凝望》(上海文化出版社
2015年8月版)

山水诗　〔组诗选三〕
亚　楠

那拉提古道

进入,仿佛秘境在深处
把光亮埋进心底。看见或者
看不见其实都一样,都在起伏盘旋
如一只鹰在空中逡巡——

它伸向云端,伸向谜语中
用柔肠讲述往昔,和那些白头翁的
故事。马兰花盛开了
这蓝色幽灵就是我的影子

在密林中,松鼠窥探着秘密
仿佛水掩映的谷地,一棵草径直伸出
水面。而乌鸦的鸣叫
就是我的预言……岩石上

夕阳匆忙退缩,宛如一缕风
骤然回到了它的巢穴

牧羊犬

它机警,听风雨雷电
在草原上起伏,哪怕一枚落叶
的声音逃不出它的耳朵

甚至面对苍狼也从没畏惧过
所以,居马拜总是格外高看它一眼
并视为心腹知己。那时——
它的忠诚也是草原的忠诚

就像金莲花只开放在草原
只在一个人的梦里,沿着暮色把
命运托付给山谷
或者,就让它们回到从前吧

打开记忆之窗……牧羊犬
以及日月星辰都在草原上开花结果

蓝蜻蜓

迎着风打开她的翅膀,蝴蝶花
也是。她深呼吸,她闪亮
若露珠对大地的依恋……并且在危崖
上进入她的沉思

可是,当太阳宠幸她,当
我在细雨空蒙的夜晚回到这里

风就会扬起蓝色花瓣

而等待显得如此阴郁
仿佛雨季……浑浊的视野
迷茫，也带着它的孤独继续行进
我知道这时候，蓝蜻蜓

已经回到了梦里
就像此刻——这寂静的夜晚
蝴蝶花也会把根留住

原载《鸭绿江》2016年第6期

时光书 〔组诗选三〕

南 鸥

雕刻时光

当黑白的光影打在他的脸上
他被一束光雕刻，完成了自己的宿命
他交出染色体的纹理与姓氏
交出了生辰八字。一张脸被雕刻成废墟
时光只剩下遗址，只有一具
躯壳从风中穿过

与此同时他也变成了雕刻家
高耸的阳具才华横溢，伸向黑夜的私处
他被时光挽留，他也雕刻了时光
就像一位早逝的天才在午夜重新复活
每一刻痕都是绝笔，每道幽光
都是千古绝唱

就像野火，就像野火的眼神
就像眼神从幽暗中射出的千年雷声
就像躲在雷声背后的一场大雨
碑文被洗得发亮，它们说出了真相
时间泛出了绿斑，晶亮的盐
从海面浮现

就像那风，就像那风的舌头
就像舌尖上的闪电，就像闪电的刀锋
剖开黑暗。幽暗的夜空从此
灯火阑珊，腐烂的身体又重新获得
众神的启迪

一只野兽在我体内昼夜走动

走吧，永远不要停下来
四肢交替，搬动清晨又搬动着黄昏
其实，你最好在我的体内
安居下来生儿育女，以国王的名义
颁布法典，一张死者的嘴
覆盖着地平线

很多年了，其实我的身体
就像你的占领区，空旷的胃如你的广场
心脏是你的行宫。但是我们彼此
假装不认识。在假寐中对峙
沉默代替了真理，弯曲的脊椎
支撑虚幻的美德

顶着天空的蚂蚁

一生都在幽暗的角落里爬行
都在搬动天气，搬动骨头的残渣
它们最先听到风暴，最先被
卷走或被掩埋

它们昼夜顶着天空，它们
要让树木、庄稼和屋顶安静地生长
每天黄昏，它们就坐在天幕
看着荒野的石头，长成童话

其实，它们是大地的老祖宗
又是私生子，它们在乱石中昼夜爬行
精细的肚皮，昼夜擦出火焰
但是人们听不懂，也看不见

原载《诗选刊》2016年第5期

草木灰（外四首）/ 锦绣

当我们说到爱（外三首）/ 梅子

小情诗（组诗选五）/ 姜了

草木灰

(外四首)

□ 锦绣

适合用它来形容我们的爱情
你全身充满着死灰复燃的欲望
我全身的每一个毛孔都长满了苔藓

这并不值得你过分悲伤。纵使此刻
不是草木灰，下一刻依旧会成为草木灰
我们越来越远，越来越陌生
就像此刻，一口气，我们就会灰飞烟灭

也许还会留下一些，供我们怀念
或是恨。只是我时常想，如果早知如此
我是否还会选择爱

钉钉子

她企图把一枚钉子钉进墙里
她一次次钉，一次次拔出来
仿佛她想爱，她又想不爱
有几次，钉子钉歪了
有几次，钉子弯了
有几次，她锤到自己的手指了
她一次次拔出来，又一次次钉
仿佛她不是钉钉子
而是钉自己
——她要把自己尖锐的疼钉进墙里
仿佛她不是把钉子钉进墙里
而是钉进心里
——纵使没有钉子
那里也有一枚钉子留下的空隙

爱

容忍你把钉子钉进来
容忍你反复地钉
容忍你轻一下，重一下地钉
容忍你离开很久，又回来钉一下
容忍你钉很多钉子

很多钉子……
容忍你钉钉子的时候
一句话也不说
——仿佛我爱的是钉子
是身体里深深浅浅的坑

春 天

无非就是我开了，你也开了
她开了，我谢了
万物都爱上了春天这个美男子
"爱情有多美好，春天就有多美好。
就像一次次畅所欲言的欢愉。"
空气潮湿，风中暗含小小的暴力
那些失恋的，单身的，正打着转
寻找她们的安身立命之地
"爱情不过是虚惊一场。
不过是一次次重蹈昨天的覆辙。
不过是让我的青春流逝，而我无话可说。"
而春天还在挥霍，每一处
都是他的犯罪现场

孤单的时候，百花盛开

孤单多好。思想如花园
月光如水
百花盛开

我在里面睡觉
发呆。多么自由

想去哪就去哪
想摘花就摘花

想把一个人埋了就埋了
想他，就再挖出来

当我们说到爱

(外三首)

□ 梅子

一生爱的人，不用太多
一生说爱这个字也不要太多
说多了，就像树上的叶子，落的也多

心里腾挪出来的地方能装得下这个字就好
只有内心接纳，句子才能留住诗人

当我们说到爱，不用太过于桃花
也不要比拟蔷薇
这世间的爱结着丁香一样的愁
还有尘和土，沧浪之水，大河奔流

幸好，我端来的茶正是佳时，不温不火
你手心的百合，不娇不艳
我们细语商议，明天的早餐，后天的天气

当我们说到爱，就这样吧
小南风进来，吹开骨头里的白
像一场早就预料的花事
完成一次没有观众的飘落

诗歌之外的

亲爱的，再好的抒情也唤不回一颗离去之心
就让我说说诗歌之外的
用敞开的身体，干净的头发，明亮的眼神
如果你愿意，还可以用我的嘴唇、手指，盛满
　月光的瓷罐
放在膝上的一本书

但这确实和诗歌无关，也许接下来你会发现
也会和沉重无关，远离尖锐，骚动，不安，粗
　糙的谋生
仅仅止于稻谷低垂的头颅，轻轻地、无用的美

这一刻我要做的，也许就是什么也不用做
鸟鸣穿过左耳，右手随意伸向花朵
总得有这样的时候，你看着我，像看着自己
那般刚好是最初的样子，刚好是柔软平铺直叙
　的样子

也刚好，邂逅亚麻色的沙发，身体无限休憩的
　样子

是的，就是这样，用诗歌之外的
和你轻轻相遇
用弯下腰来的姿势，亲吻不知姓名的你

真　的

这些年，蜗居是真的，流浪也是真的
从一个词到另一个词
中间来来往往的炊烟和马匹也是真的

还有什么没说出来，在雨落在城市上空的灰尘
　之上
井边唱歌的姑娘看不见了，西街那个修鞋匠在
　一个雨夜失踪了
因为遥远，一滴水走了很久才走进你的眼眶里
在我用微弱的香气扑进你的怀里
你哭了

你说，这爱情的闪电，是真的

开花或者结果

如果光开花多好，一生就开一次
如果光结果多好，结一个果子
自己落下去，再不醒来

一生只爱一个人多好，狠狠爱
爱到不知道什么叫爱
一同坐着
等着天黑
一同睡下
等着天白

最后，一同躺下
在一个盒子里
数着头顶的尘埃

小情诗

(组诗选五)

□姜了

玉器店

在玉器店，不知道你躲在哪里
哪件玉器又是你
要砸碎所有的玉器才会找到你吗
绝望到最后一声，才喊出疼吗
那时，整个店和
我的心
还有你
都破碎得无法收拾，我什么都赔不起

纹 理

锯开树木，木质显露出来。就像深入她内心
我会感觉她是多纯美的女子

刨子反复刨着树木的纹理
像那女子清幽站于窗前

夜色仿佛层层纱永远撩不完
我走不到她面前

木质温润暖意如试探温度的嫩芽
纹理正如那女子的心意。我身在迷宫

细腿姑娘

细腿姑娘在水草叶上，等到草枯黄
细腿姑娘变成灰姑娘
细腿姑娘静静躲藏。她会不会蹦跳我手上
丢弃细腿的细腿姑娘
身在何方慢慢疗伤
我要变成丑陋的家伙，蹲伏草中央。苦等重新
　　长出
细腿的好姑娘
有如翠色欲滴的好时光，你偏躲藏。情愿受伤
变成灰姑娘

走进阔大的嘴巴，细腿姑娘。雪在外面融化
我的内心就是你的天下
细腿姑娘

想

有人不在身边
我去想
想她身在一个地方
散发淡淡一点香

她若在我嘴里
是一块糖
我咀嚼
我咽下
那甜成为一种毒
容易遗忘

好在她身在一个地方
有我想象的一种香
想到极度虚弱慢慢去想

骨 梳

找到一尾鱼
钓到一尾合适的鱼
有合适的骨架
把鱼骨架剔出来
鱼刺磨钝
做一把天然的梳子
鱼骨梳子拿在手
梳你浓密
漫长的头发
头发漫长到腰际还要漫长到腿弯还要垂地
鱼骨梳是抽象的鱼
给你梳头
再具体地爱你

一个人的季节（六章）　　　风　荷
思（八章）　　　　　　　　黄小霞

一个人的季节（六章）

□ 风荷

今又重阳

1

用一滴水，再默念一遍。
包括草野的姓氏，和无从考证的生辰八字。
水带恩泽，用虔诚的目光，在落叶的正反两面，写下祝词。托鸟声投递到一个血肉相连的地址。

你从哪里来。
宫腔之水一次次地滋润着你。远行之路，两边木槿和芙蓉花，染了胭脂。
吴侬软语，螺旋型的轨迹。从山村延伸到小城一隅。其间，如同一次次登高的叠加。

秋阳融融，秋水盈盈。
悬浮的时光里，缀满了杂花和鸟鸣，也低矮着卑怯和岑寂。今又重阳，五谷丰登，祝福之词当扶上马背。

2

有人同访。
是身怀菩提之人。代替最后一株茱萸。
向往高处之美。圣洁之地。南山是你的第二故乡。

把鞋底擦净，登高。
向一朵钟声打听古老的寺庙。把睡醒的菊香含在嘴里。向宋时的雨借三两杯甘醇。过江东，捡拾一地果实的节气。经秋风，备好长句短句。
在山腰，区分阴阳，和爱。
换下失眠的衣裳和心情。学戏剧里的身段，安贫乐道。听汉字的经声，把中年削薄，任脚尖起落，翻出一堆溪水的白云和青翠枝叶。

3

而今，登高已非虚拟。
然从露水里起身之人。如你，如我。被圈养在一张写字桌旁，惶惶终日，为稻粱谋。
于一张纸上，反复修炼剑术，获得谋生之道。

删繁就简。
锃亮，一把月亮之刀，饱尝了梦里的稻香，果香。
想起清明之前离开之人，在阴间应有酒喝，应有钱花，应把想法已经扎捆成束，应念着这千疮百孔的大好河山。

在水土不服里，获得自愈。
而后，从眼镜背后走来，携起死回生的豪迈。

在村庄里，俯仰。
谈论苦楝，竹篱，猪圈，和远处的小桥，菜园子里两只小羊。
用仙鹤一样的口吻和声音。
跟你说话。

4

云随雁字长，月落山容瘦。

清歌不应断肠。
也曾雨季，也曾泥泞，也曾晨雾。念及祖父，心中蓄满一个春天。

而今，一根木杖，冥想打坐。
额头长出蘑菇。

牛蹄轧过薄霜。阁楼脚印蒙尘。玉米地将迎来迷茫风雪。
祖父，在地下。亦在遐思，亦有昂首阔步之美。

记忆总有细小聚集的辽阔，造物主总有恻隐之心。阳光肥美，愿死去之人依旧活在鲜活的人群和五谷杂粮中间。

5

也无要紧，不见玉枕纱橱。
风吹过山岗。
一个下午被生死之事掏空，填满。灵魂，被一蓬蒿草之光，一遍一遍清洗。
十六点四十分。你又回到你自己这里。光影斑驳，鸟声浓稠。叶子们奔跑在秋天的上空。

争朝夕。
一张白纸，摆出五碟墨香。
阳光吐出金属之声，耳畔歌声迤逦。在体内，你剔除颗粒未收的荒地。
欲要扶正倾斜的山坡。

你的眼里无毒。
久别重逢，你唤出魏晋之马，饮酒，吟诗。邀辽阔的汉语，为一个线装的日子欠身作揖。
加冕。

在灯火初上时，问安双亲。

立冬，九张机

1

一盏茶，寄远。

一曲"红颜旧"，引她的心忽高忽低。

青瓦白墙，于沉香袅袅处起身。
打量一个婉约的梦，一身白衣投影在外省的词典。

是在那小莲庄，未提及潮汐，也未提及昨夜未干的墨汁。
写下的字都是清凉如初。

一节漂亮的滑音。来自雨打残荷时分。一尾红鲤应知时序更替。
而任性是天气的翅膀。短衫，绿罗裙。晚霞如织。

2

银杏的黄，始终是个过渡。
青石板，风三拍子的舒缓，垒过秋天起伏的胸口。芦苇，桑园。
记忆有条不紊。

相思的小波浪。
藏于一碟一碟的月色里，雁字回时，请莫要斜倚西楼。

有人钟情青色。
草木的青，瓷的青。青莲出落于午后的宣纸上。

墙上，是鱼群的眼睛，旗袍干净的心跳。

3

请把忧伤的头颅扶起，杯盏中的烈火正旺。
菊花开在古都，蛇紫嫣红的评弹。
浩浩荡荡。

好光景，爱菊的人自古就爱三大白。
无须念经卷。清爽的傲气，潜长于酒盏。磨刀，打铁，抚剑，飞鸟相与还。

空气中还有翻飞的酒味。
让她醉卧吧。就在刚才，率真之人，递过来

一颗高山的心，一张流水的脸。

4

从春天的笛音开始。
故事。途经了盛夏的蝉声，七月兰桨。
八月，纸上的河流搁在一本诗经上，闪闪发亮。
高音部分正好被怀梦的人看见。

寂寞的小巷和圆润的石头
是诱人的药引。

曾经，风吹大地，风吹过鹧鸪天啊，羽扇纶巾。

5

自此。秋天不断来信。
回信。她用了薛涛的纸笺。

剧情无解。
而月色依然流畅。待她修剪的只有内心的墨色。有何不同。
旧时蒹葭，今日荻花。

木鱼声声，滑过喉咙。
深知误入歧途已久，然搭救的路，还在长亭短亭。退了潮的身体，忏意丛生。一碗一碗，不胜酒力。

一次一次出逃。白月光。
像偏旁远离汉字，像梯子远离天堂。

6

几分惆怅
香水和胭脂，无法弥补岁月的皱纹。
时光裂痕，凸显于九月的背影。

一波三折，须重建倒塌的密林。剥开暗喻，灵魂的事须交给灵魂。
身体只是意外的传说。

啊，故园。

爱，是不是已五谷丰登。

7

从凌乱的风景里出来。
玻璃心，纠缠了苍黄的秋天。泪浸染过的桃花，无法风调雨顺。

生死，荣枯。
惟愿镜像退出盛世的虚空。
弥漫古镇的清香。

一个日日在弦上的人
需要豆荚一样，有迸裂自己的智慧和勇气。
南山不远。梅花鹿，骨骼清奇。

她拾回。
她的浅笑和暗许。

8

身体里的篮箩，压下颠簸。
盛放烟火。

倾斜的篱笆，托起一粒寥落的星辰。星星燎原，一枚着火的姓氏在她手中紧握。
失眠，一门陈旧的功课。
不复这个冬天。

好吧，寂寂江山归寂寂江山。
她只想打马而过。

如意，烟斗，棋盘，琴键，明式座椅……一一都可以省略。
惟有笔筒和笔，须赢得时间的掌声。

9

精雕细琢的修辞，不如随心。
不在意月色是否灌满纸张，也不在意花和玉是否从她身上退席。

江南，乌篷船抖开一袭雨水的青衫。
晨钟，暮鼓，晚宴，篝火。愿日子的蛾眉，

长成一小片寂静。

一首水龙吟，轻落于谁的唇齿。一抹柳梢青，却好途经在缘分的眉上。
时日，无晴，有雨。
时日，一时五十八分。立冬。

我体内的少女叫小雪

1

连绵不止，雨——
从小城上空落下来，从月亮的眼睛里落下来。
从熟透的梨子里落下来，从照相簿上落下来，从祖父的背脊上落下来。
祖父住在地下已久。
他手指上的戒指不知哪里去了。
哦，小雪。今夜，雨声不断。你会不会从某部湿漉漉的电影里走出来。
找到我，给我远方的信函。

2

远方不断来信。一叠一叠，传奇的蓝。
来自蓝桥，来自蓝的楼台。信里吐出一枝一枝的迷迭香，香里有魂魄的浩瀚和辽阔。
她们，用药效缝补夜的无眠。
她们，用细小的水珠歌吟清晨，歌吟清晨里的光。
"用我的快乐爱你，用我坐在河岸余下的时光爱你，用萦绕我眉上心头的悲伤的舒伯特的乐曲爱你。"
蓝调系列。她们。
有韵有味。她们。一天又一天。将我带到小雪跟前。
在蓝和雪的辉映里酿造日月。

3

时序进入小雪。我跟进。
打开窗户，不忍看到冬天灰头灰脸的模样。像一个老妇。面容，衣着，举动皆生出皱纹。生出流水的波澜。
新鲜空气，丢失。
芬芳，被更年轻的河流带走。
但有一种美，一种善。在带皱褶的花瓣上，在落叶上滋生。
在新的土壤里长出期盼已久的芳香。
哦，小雪。

4

音量调到一半。
想象，从堆叠的枯叶里启程。
歌声上扬着眼角，眉梢。引领我长出翅膀，从两肋处。
只要你的目光向前。时间的重
无法将你压垮。包括爱情。
小雪是我体内的少女。
偶尔的忧伤被寂静覆盖。一个想象的写实主义者。在马的背上奔驰。

5

窗外银杏，一天天金黄。仿佛每一张叶子里都藏着一个太阳。心跳得那么厉害啊。他们听到了小雪细碎的脚步声。
听到了流水的暖和光的高贵。
滑向风的怀抱。
小雪。亲爱的小雪。
一声轻唤。
茉莉，梨瓣，铁丝莲，栀子花。便在梦的枝头飘落。
信里说：有人用银杏写了黄金和影子，用水写了秋天和天空，用松针写了光芒和凋零。
我拿什么来写小雪。
她低垂的身子就在我耳边了，她静默无声。却细数着我们的光阴。
她清澈的眼神就在这里了，在我的这里。

6

万物有灵。云朵不再高飞，鸟儿还未倦怠。
此处经年，此处小桥流水江南，冬青树上，缀满小小的珊瑚珠子粒。
一小朵，一小朵的雪，寻来。她们。

比"小"这个词还小。比"干净"这个词干净。

她们小小的，相拥着。在冬天的寂静里，轻微地呼吸。

天地，镶嵌了小雪的章节。一片片生动的句点。

草坪上的草，因小雪的滋润，突然比秋天绿了。我路过的时候，忍不住喊他们：呀，绿草，绿草，你们好。

我很想亲吻这草的生生不息。

7

收下这封信。收下这蓝色的火焰。收下我后半生的钟爱。

我亲爱的宝贝。秋天说。

远处练太极的老人，一身白衣，像一朵从天上飘下来的祥云。

庭扫的和尚，抬头，看了看树上最后几片树叶。

清扫了我的孤独。

我，洗手，焚香。端正了坐姿。

喜欢着有那么多人爱上了雪。

8

我爱小雪的侧影。

从正面进入冬天。整个晴冬上午，我会挽着她的手出去走走。我们经过雪松大爷，海棠妹妹，还有楠树哥哥，乌桕叔叔们……

我们注视风中的某些事物。

享用一条路上慢慢变老的一生。

而今夜，我的头顶悬挂着三盏弧形的灯。

像记忆，像祈祷，像你。

哦，小雪。

你是我体内的少女，有鲜玉米粒一样可爱的贝齿，有明亮的眼神，有质感的灵性。

哦，我的体内。

是辽阔而寂静的大厅。

大雪即将来临

1

叶子在昨夜极力抱紧风声，抱紧流水。

无患子，乌桕，沙朴树高过屋檐。目光在散步，你一一将它们辨认。在发亮的鸟声里，落叶将带来大雪。

天空是一面大鼓，有时则如京剧的脸谱。

不断变脸。

因为抱不住滴答的身体。

想起，多年之前，敲钟人离开河流，来到了南方。

北方哀愁，因为一场雾霾的侵蚀。

因为一场大雪的孤独和无法逃避的覆盖。

2

手掌上的爱情线，曾穿越过荒漠和微凉的灵魂。江南旧宅，明月的丰乳，寻找不到失踪的桃花。

薄暮时分。

一个声音在喊：等等，等等啊……

海棠无香，你看不到花苞里甜蜜的暗井。

惟有小雪在身体里喊你，把孤岛喊成陆地，带来深渊似的快感。

丧钟不为谁而鸣，听玉箫。你咬月光，甘心等一列青春的列车远来。

人间烟火，不提。

人间的苍茫与衰老，不提。

3

你好，红果冬青。

你好，慈悲的老榆树。

你好，小桥与流水，西风与瘦马。

途经之处。每一棵树上都贴了标签。这棵叫生活，那棵叫理想。每一棵都曾有绿盈盈的翅膀，经络分明。

血脉浇灌。

"风雨如晦，鸡鸣不已。既见君子，云胡不喜？"

窗口传来朗朗书声。

传来秋风裂帛。

雨跟着落下来。

落在松针上，落在苍穹的酒窝。针尖悬挂一滴滴清凉，一声声火的澎湃。

4

灰色的镜子里。

只有红枫像醉酒的美人。火的翅膀，被远道而来的西风爱上。

山雨缓慢。冬天是只陈旧的容器。街道，人群，水流，落叶，葬花词……

一并在怀里。

世间一木一草早有安排。

黄昏很短。你低头啃手机的文字。一只新式的苹果已经脱胎换骨。你的生命里有远方的消息。

云朵又回来了。又大又圆，寂寞如一枚果实。

现在被咬去一半。

两只耳环，在书房里安静下来。

喝茶，交谈，又说到牙疼，失眠。山中是否住着神明。"太快了，太快了。这时日，这很快就卸完自己的光阴。"

但又毋庸置疑。

5

不去问灵魂有多重。

美如迷失。

哦，春天的蝴蝶，隆冬的霜迹。

哦，风声，她提着裙裾，穿过小径。鸟声起伏，芦花送来一叠信札。阳光的碎金里，落花不乱。有人言今生，死而无憾。

灵魂有很多锁眼，等你一一打开。

信里，你读到古意的灯火。措词里，埋着几枚雷声。

舌尖挑起花蕊。

眼眸陷入了蓝。

一群蜜蜂在月光下，倾城而出。

6

有什么可以挥霍，云层低垂。

秋天的情意投递到冬天。一页碧绿，一页绯红，一页蔚蓝成海。

贝壳吐出珍珠。圆润，坚韧的誓言。

你喜欢我是寂静的。三年五载，一首诗常来默默地看望另一首诗。而今夜它兀自在路口哭泣。马头墙听见自己的心跳，孤单难过。

朴素的冬天，只做减法。

几棵银杏，瘦身之后，皆是矍铄如僧。惟山茶渴盼一瓣唇上的胭脂。

不提寒山寺，不提一枚字卡在石头的喉咙里。

字有自己的章法。

字遥望郊外的教堂，心生忏悔。

7

沿途，江面偶尔冒出来单音节的船，和双音节的渔火。

新的空气。

修为者，坐于岸边高高的石上。

观天象。学鹅引颈，做自己的王。沿途，披肝沥胆者，在霜天里描述忠贞。你欲在古老的钟面上，绣几个花瓣。

命运，一个隐喻。

听从神，再次剥开春天的秘密。

花开一朵，花开百朵，花开一千一万。天空的身子，被钟声撞响。青鸟的歌声，应和果实多汁的夏日。苹果真正熟透之后。

隐于无形。

回望，遇见过的楠木、杜鹃、垂梅，多像一些人。

承受了冰雹，闪电。而抵达了辽阔和平静。

今夜——

雪，正在蓄势待发。

小寒时节

我提着稚嫩的笔触奔赴。一路是曲曲折折的节气。

目的地是春天。

而眼下是小寒。有雾霾,有孤独。
有风霜和雨雪。

一个人在一座桥上发现了爱情的不可愈合,消失在半坡落花的南山。那种迫使落叶内伤的冷傲像刀。我说的是西风。镜子破碎,流水成殇。

一只猛虎在密林,我水草般的腰身无可抵挡。

疼,横冲直撞;泪,肆无忌惮。

夜晚宽大的羽翼之下,没有完卵。

曾经的小满,瘦去;曾经的芒种,荒芜;曾经的秋分,不见明月:郁郁青青的日子被一场谎言掠夺。

雨水的银针也无法连缀梦的碎片。

也罢。

就让蜀道兀自挺立如一柄利刃,就让夜雨兀自倾斜成一把忧郁的刷子。我不再叩问烟尘,也不再指望梅花从脚尖开到心尖。

像一粒果核回到花朵,像一杯美酒回到麦芒,像故乡回到岔路。

像卷帘回到西风。

我寂静的江河就由满山的落叶陪伴。纸上决绝的文字任由墨水独裁。

眼眸里生出清词丽句。

在春天。我打算与一场往事彻底告别,与新的一棵树高调遇见。这其间泪水浇灌肺腑,悲伤修复到天衣无缝。只有黑夜知道。我自己知道。

在春天,我由旧人变成新人。我重新花枝招展。

让身体的欲望随心,让心听从神的召唤。走过小寒、大寒,任由自己长成一片寂静,惟有你爱的叮咛,似我身上的环佩之声,亮出我在这个世界走动的光芒。

立 春

季节埋下的遗址,复活。

银质的,清澈的声音穿廊而去。一个天青色的背影,渐行渐近。

看吧,这遗世独立的美:

这古典的风。这鲜艳的比喻。这飞翔的嘴角。

这蜜糖的花期。

这红绸的唇。这孤傲的火。

这季节打开了陶罐的锁眼。这午夜深处的灯。

这青草的福音书。

这红宝石发亮的眼神。

这菩萨心肠。这下凡到人间的仙女。

这一串高傲的形容词,容我用修长的手指一一拾取。而那漂泊在人间的咳嗽,一朵一朵则由你立刻拌和了颠沛流离的药味。

这梦中造访的老歌,容我递上温顺良善的耳朵。而那命定的治愈系,则由你镇定地盖上一枚不经雾霾虚构的邮戳。

这翻卷的高音部分。

这跑过长亭短亭,高瞻远瞩的蹄音。

这锻打的铁的火焰。

这脉脉娇羞的合欢。

这欲上西楼的酒。

这卷帘西风的醉,这你给我的情意。这冬天噼里啪啦的燃烧,正与春天比邻。

思（八章）

□黄小霞

思

把生活划分成四个大小相等的方块田。分别种上：亲情。爱情。梦。和灵魂。

然后把它们都放在心上。从此就不会忘记为它们——除草。施肥。浇水。松土。

从此，就可以和真正的农人一样，在自己的田间地头愉快地忙碌——

春天：播种。秋天：收获。

身在异乡的我，以前总是把秋放在心上，时间久了就成了愁——乡愁。

时间久了，我才慢慢地学会：应该把四块小小的田放在心上。

它们整齐划一——不会让我的生活发生混乱。

它们各司其责——给人安全感，不会把我丢失在异乡。不会：让心绪迷失方向。——漂泊在外的人，只要顺着田地走就能够看到村庄，看到村庄就看到了家，看到家，就看到了：母亲。

想

一根独木。经过时间的漫长和先祖的智慧。到达眼睛的目力所及之处。

（两个读音相同，性别不同的字体遇到一起，就像多年前的父亲遇到母亲，他们的读音也都相同：人。不同的是性别。）

一根独木。不再孤独和寂寞。一根独木，从此有了相偎相依的伴侣，从此不必为无法成林而抱憾。

与一盏灯在异乡相约夜的誓言。往事却在日历与月份上对望。朴素的意念，叩问亲情的重量。——清明节在即，母亲必定会和往年一样，把心放在相下晒太阳：以便让远在天堂的父亲看得更清楚些……

父亲喜欢的香烟。打麻将的零钞。金元宝。……母亲都细细地清点，分门别类地摆放好。然后以燃烧的方式送到父亲的面前……

可是，可是，可是我一直无法知道：此时的父亲在想些什么呢。

雪

雨。和习惯向左侧卧着睡觉的山。在冬天相遇。

然后在暮色的掩护下，率众从天穹里集体出逃。——它们路过村庄。路过山岗。路过城市。路过梦……

我抱膝在窗前。听雪落的声音。微暗的窗帘，翻动着夜的心事。冬天里的第一场雪，下在圣诞节的夜晚。像极了某种经典。

洁白。覆盖。是彼此喜欢的方式。——那是冬季的大地上最美丽的语言。

可是，当母亲出现在我和外甥的视频画面中时，我突然发现：母亲的发间都是白雪的颜色。亦突然明白那些圣洁的雪花我想要的花朵我想要的美为什么捧在手心里总是会化为颗颗：泪。珠。的。晶。莹。

现实生活不是以自己喜欢的方式存在。

杨

很自然地，就会联想起那个顶着羊角跳舞的

彩云之南的白族女子。

一只灵雀儿。栖在良木上。然后让"昜"（电脑打不出"杨"字的右部，便用繁体代替，细看，你会发现，它像极了舞者在舞动时的身体）在风中成为另一种舞动的风景。

一只灵雀儿。一只美丽的灵雀儿。从彩云之南起飞。在绚烂的舞台上，用绝美的肢体语言告诉人们：什么是一个民族的文化符号。

杨，柳的姐妹。一次次使其更加柔软。是为了舞出更美的自己。

杨，一只仙鸟儿。始终守护着舞台上的净土。守护着美丽。

画　面

小女孩的左边是油菜花的黄，右边是麦苗的青。

空气里有泥土混合了花香的味道。小女孩的目光尽头，走来一个荷锄的人……

一位老人在墙根下晒太阳，一只猫在老人的膝盖上打盹。三五只鸡仔在老人的脚下刨食。婴孩的啼哭从屋里传出来的时候，惊飞了树上的雀鸟儿。晾衣绳上的衣服正有节奏地滴滴沥沥。一个下学的少年一边踢着石子走路，一边和晒太阳的老人打招呼。老人的眼睛眯成一条缝，笑，直到少年走远……

池塘里有鸭子在游，有鹅在叫，有青蛙在跳，岸边有调皮的孩子拿着柳条作垂钓状。有人在饮牛，有人在往菜地里担水，有风筝在飞，有稚童在跑……

——这是我曾生活和熟悉的画面，可是我今天看到的却是：灰旧的村庄。留守的老人。和儿童。

（我一直拒绝使用留守这个词，悲哀的是，我却无法拒绝它的存在。）

玉　米

剥开一个温润的灵魂，看到：惊心动魄的美妙组合。

透明的心事，在一节一节的守望里，纷纷吐露出花穗：粉色的，紫色的，像老爷爷的胡须。

在阳光下耀眼，在绿叶间留连。风儿一来，便热情地同它们打着招呼。

日趋饱满的怀抱，不愿再忍受绿色的束缚，在月夜的明亮里，纷纷出逃。

小外甥一边吃，一边眨着大眼睛，问：玉米也是"米"，为什么要叫粗粮呢？

午　夜

反反复复。在清明节提供的背景下，听着同一首歌：《这么远，那么近》。

——犹如出塞曲般的惆怅。抑或还带着笑红尘的洒脱?!

夜色。是最适合幻想的颜色：落霞。餐厅。水杯。打错的电话号码。

夜色。是最适合遇见爱情的颜色：明灭的香烟。命运。阳台的对面。

夜色。是最适合提问的颜色：张国荣先生留在书店里的那把伞，最后取走的人是谁？他期望来取的人又是谁？他又错过了谁？还有，他买的两本幾米的漫画书，其中的一本，最后送给了谁？

临睡前才终于听明白：我还是应该做一个低眉尘世的女子：花开。随喜。花落。不悲。用心地对待眼前的人和事才是——珍惜。

窗　外

银杏树的叶子在又一场秋风的亲吻下，已所剩不多。麻雀的叫声和跳跃，隐现其间。

把酸涩的眼睛从电脑前移开。从办公的二楼窗户看到十月的金秋。和另一种酸涩。

看到：金黄色的流泉。从收购粮车的麻袋里喷涌而出。缘于麻袋上的一个破洞。

带着泥土味的农民，脱下身上的粗布衣衫，用劳动者粗糙的大手，小心翼翼地，像怕碰疼自己刚出生的婴儿，单膝跪在地上，将散落在地上的粮食用衣衫包裹起来……

直起身，他对身边的同伴说：这谷粒还带着太阳的味儿和我的汗味儿……

他的大嗓门、头上的白发和劳作的背影，都像多年前的父亲。

□ 特邀主持 三色堇

MA LI
马莉

谁让土地变质？谁让它们渗入毒素，进入植物体内
卑微者听从谁的安排？在浑浊的日子
有人交出良心，青菜黄瓜如游荡的魂魄

——《谁赞美这个世代》

马莉

生于广东湛江市,现居北京宋庄。毕业于中山大学中文系。诗人、画家、作家。中国作家协会会员。中国书画院艺术委员。

主要作品

诗集:
- 《白手帕》 文化艺术出版社 1986
- 《杯子与手》 华龄出版社 1995
- 《马莉诗选》 南方日报出版社 2004
- 《金色十四行》 太白文艺出版社 2007
- 《时针偏离了午夜》 花城出版社 2013

散文集:
- 《爱是一件旧衣裳》 上海人民出版社 1999
- 《温柔的坚守》 百花洲文艺出版社 2000
- 《怀念的立场》 云南人民出版社 2000
- 《夜间的事物》 湖南文艺出版社 2001
- 《词语的个人历史》 百花文艺出版社 2006
- 《黑夜与呼吸》 鹭江出版社 2010
- 《黑色不过滤光芒——中国当代诗歌画史》 九洲出版社 2013

金色十四行〔组诗选十五〕

骑马人来自远方

骑马人来自远方,从清晨
到傍晚,日日夜夜向我奔来
绿色草原和无边的大海,沿着他向我奔来
河水倒映风景,狼群披着灰色的嗥叫
追踪他向我奔来,骑马人翻身下马,马骑着风暴
姿势优美柔和,向我奔来告诉我,宝剑跌进河流
长鞭和马鞍正在街市出售,花朵进进出出
蓝裤酒保靠在门边做梦……此刻,梦已还乡
我从他眼里望见太阳跌落草原,他躺在酒里喝月亮
此刻,骑马人向我奔来,河流指向他的宝剑
闪电拽住他的手,风暴吹走他的脸
这是很久以前的故事,很久以前的悲伤
他的妻子站在门后哭泣,他的情人是我
骑马人跌落马下,草原骑走了马背上的星空

风在夜半改变了方向

我常常想象古代群岛上的奴隶
与岩石一样体验着疲劳和死亡
大海退潮时眼里满含着哀伤
今夜,钟表已经停摆,动静逐渐瓦解
水泥、石头、老鼠们,开始交谈或者说谎
喘息之声比影子微弱,更加模糊
也更加清晰,如同枯果弃落于深秋
隐藏在眼底深处,海水难过时
会溅湿一个人的扣子。今夜
风向南吹,继续向南吹
但在夜半改变了方向
吹开了家门,吹跑了衣裳
黑夜躺在床上盖着被子做梦
梦见我出生之前,大地无处躲藏

远方的蜗牛来到我的脚边

一只蜗牛来自远方,在我脚边停下,告诉我
要下雨了,要下雨了。它让我蹲下
让我看见它正慢慢地凑近我
会说话的蜗牛借下雨前的风声
水声、电闪雷鸣和蜻蜓从草尖上飞掠的声音
跟我说话,说秘密的心曲,它说
我在地球上只出生一次
我所遇见的动物和我一样,只出生一次
我所遇见的人也和我一样,只出生一次
从来就没有时间,生者只是匆匆从时间之外
来到时间之中,然后离开时间
它反复说,你也和我一样,只出生一次
我点点头,我说:我们都一样
我们出生,然后死去

简约的夜晚

你从口袋摸出一颗小星
你坐下,几副纸牌等你来密谋
你的手指轻轻一划,隔壁的女人开始哭泣
你把形状搅乱,壁虎在墙角慢慢收拢尾巴
你轻声地朗读结局,声音一点点
嵌进墙壁,又从捻亮的烛光中迅速溜走
你的纸牌摸到你的手,掏出星空诡异的笑脸
拉长时间的下巴,手臂保持倾斜的线条
你说这是简约的夜晚,日子蹲在身边
和我们一起玩纸牌,它要吃掉我们
吃掉手指,吃掉耳朵和眼睛,要把我们变成日
　子
我已听见它的窃笑,我们要保持肃静
保持夏天纯洁的灵魂,桌底下
一条响尾蛇将细长舌尖刺入夏夜的腹中

我的日子

蟋蟀们一整天趴在门前老树下
用沙哑的薄唇弹琴,乐此不疲
院里的风卷起门帘,日子被雨水浸泡
出现裂痕,你一定不要修复它们
夕阳、草木,农夫的身影轻拂田野
时间搬走生命,乌鸦在天黑前转身
柴门歪斜,无法把流水的花瓣细数
你一定要相信我,不要打扰它们

孩子们出生在老人死去的地方
忘记归家之途，河流倒映星空
门虚掩着，你若尾随我进来，别犹豫不决
擦净餐桌上的果物，透出诱人的光芒
隔壁的姐姐，别停下你手中的线窥视我
突然闯入的狗，别咬住我的日子不放呵

难以辨认寂静的事物

难以辨认寂静的事物，它执意躲藏着
把隐秘的爱带到角落，带到尘埃之中
从黑暗的地下室走来，它已经放弃寻找
腆着大肚子四处奔波，传送病毒
蟑螂，响亮的名字，人类讨厌它，藏在阴影的墙角
吐露秘语。它已步履艰难，所经之处随时成为产床
我不忍致它死命，实在不忍——此刻
它也是母亲，正在寻找安全之地生下孩子
它需要足够空气，像所有母亲一样
它得完成母亲使命，得把孩子生下
我毫不犹豫找来白色塑料袋
小心、小心、再小心地把它装入，并不系紧
丢入附近的垃圾场。我想象寂静之中
它将艰难地等待养育的浆果流出……

谁赞美这个世代

一群披着废气的人行走在春天里
院子摆好酒席，有人穿过薄雾的灯光
抽出一道飞蛾扑火的弧度，有人说看吧
空气划出了裂痕，碟子里的花生惊恐万状
从进入炒锅的那一刻就深感不安
不能确认自己和万物的纯洁，没有避难所
谁让土地变质？谁让它们渗入毒素，进入植物体内
卑微者听从谁的安排？在浑浊的日子
有人交出良心，青菜黄瓜如游荡的魂魄
反复洗涤，放入锅里反复蒸煮，水也有毒
每条血管陷入了圈套，屠宰者
膝盖变成屠场，这是什么世代
谁赞美这个世代？谁信任它
谁又能幸福地死去

大地上有一些失踪者

失踪者的夜晚到处是搜巡,房间四处
堆放着失踪者的尊严,椰子树摇晃着
白色的沙滩,被海浪一层层吞没
海浪呵,所有船只的大地
像母亲忧心忡忡但却沉默寡言
宁静的眼神使大地上的睡眠安稳可靠
那些大地上的失踪者,他们从不说话
他们背向着人群,坚定地注视黑夜
一只孤独的乌鸦在迁徙后的树枝上
感受着潮湿的冰凉,南方的潮湿
使我寒冷,使我的墙壁脱落
花园后门突然敞开,海水浸到廊柱上
失踪者爬上岸,他要求躲藏
可搜巡的人,还未来到我的梦境

一只小羊正脱下夜晚的胎衣

小镇的人喜欢做梦
梦里声音惊动夜晚,梦中人走出
探出脑袋,窥视从小镇窗口经过的人
看他们的表情和衣裳,还有谈吐
我居住小镇最远的边上,他们也时而向我走来
有的认识我,有的不认识我
却认识我父母,那些不认识我父母的人
却认识我祖父和祖母,吃过他们的手制蒸糕
他们的儿孙听过很多故事,如今大都发霉
我记得一群人牵牲口来到棚中,我提灯
弯腰看一只小羊正脱下夜晚的胎衣,准备出生
他们用手比划着,一个个张口不能说话
时间已把他们的声音从光阴里挖走
月光拖着长长的影子,来到街道,夜半打更

泛爱主义者的自白

怎样在想象中描述一座大海
无边的浪目睹巨轮行驶海面充满嫉妒
也嫉妒鸟儿在船尾追逐幻想
还有什么无法平息的波涛
偌大的地球,踩着我们自己的脚印
孤独的安息者已经瞑目,身体冰凉
鸣虫在夜间啾啾,黑暗正在生锈
花朵关闭微启的唇,却纷纷竖起耳朵
光芒也会躲藏吗?一丝丝如银针刺痛宁静
难道还有什么难言之隐?还有什么期待
爱情呵,我们时代的爱情
人类只懂得一己之爱,渺小的爱
我不是一个泛爱主义者
黑暗的柔情包围我,我还期待什么

大海的失踪者

我无数次观察过海水变化的节奏
正午的海水是寂寞的,它要睡眠
而到黄昏,或是天亮以前
海水的力量足够考验一颗忍耐的心
它悄悄行走,带走落日和温暖的住宅
一次退潮足以使梦境破碎或重圆
在岩石的缝隙中,海水洗刷着秘密
与大海有关的秘密,都将被海水带走
带向陌生而遥远的天空之城
然而岁月,未来的岁月,它在何处
谁能见证海水的变化与太阳有关
与永恒的星月有关。大海是无知的
大海使天空升起一股虚空的力量
这力量足以使一个人成为大海的失踪者

时间,这优雅的刽子手

是哪只手捧起光,照亮春天的脸
门槛上,雨滴沾在风沙唇边,欲说还休
多年来疼痛坐在无边的时光里咬我们心
离去时微笑着,不留一丝痕迹,不许我们走近
不许倾听,落叶卷起地面的寒冷
你知道它要带走什么吗
途中倒影也纷纷站起,想找回自己的岁月
时间,这优雅的刽子手,不慷慨也不吝啬
我们用身体喂养它,无穷无尽
小镇上的人们来了又走了
你看,房间的飞蛾和长脚蚊子在灯前旋舞
一生在危险中行走,时间

亮出利剑，砍倒一个个蒙面的黑夜
留下一片寒光……你能摸到前生的面孔吗

一只狗深刻地啃着骨头

一只狗在月光下啃着骨头
一只专注的狗，旁若无人的狗
在蓝色夜晚蓝色村庄奔跑又停止的狗
啃着骨头，它仔细啃着、舔着，咂巴着
咀嚼着、品味着，调皮地戏耍，比诗歌抒情
比思想深刻，一只专注的狗，把宇宙
当成惟一的宇宙，把骨头当成惟一的骨头
月光勾勒它的嘴脸，我嫉妒它的缓慢节奏
我嫉妒它无视我的存在，我猜想它的感受与众不
　同
比人类深刻，它啃着，把时间啃得光滑又湿润
那根骨头多么幸运，它被享用
在腐烂之前，被一只狗深刻地啃着
像手艺高超的师傅面对小零件
月光下，骨头兴奋得通体洁净

道路在哪里消失

我知道会有这一天，但我并不知道
是这一天，我不知道它的力量
也不知道它的速度
我看见光芒依然离我很近

我看见它犹如它看见我一样亲切
我的手毅然握住了它的热度
我从未想过光芒会不会逃离光芒
爱情张开艰难的嘴会不会让我的声音喑哑
泪光会不会蒙住我的双眼让我迷失方向
月亮会不会生病，会不会躺在人类怀抱
静静沉入水底，道路在哪里消失
有一天，有一天，我总是焦虑
以这样的方式触及艰难的时刻
我们的心脏，没有什么比坚强更加脆弱

一个诡异的词

一个诡异的词，绊倒了我
我要在你瞳仁的大海重新扬帆启程
我总在寻找方向，寻找消失的光芒
火焰烧毁了隐蔽的语气，苍白的蛛丝马迹
一次次判断着，一次次怀疑着
轻捷的幻想，沿着边境线疾走如飞，一次次
冲破丝网走向各自最后的结局
你的迟疑就像你沉默的姿态
你的果断却如同出走的夜鸟，用叫唤
咬住黎明，这黎明之鸟太出色太温柔
也太傲慢，是一个词绊倒了我
它怪诞地生长，在空中如走钢丝
这痛苦的玩笑在诗歌中找不到句子
它因此天天猜疑，大胆得小心翼翼

诗意的光芒来自何处

——读马莉的《金色十四行》诗

□ 桂延松 等

这是一组漂亮、深厚、博大的诗歌，在当代中国诗坛上也是不多见的。读完以后，觉得它是具有耀眼光芒的，不仅是情感的光芒、思想的光芒，更是诗情的光芒、诗性的光芒与诗艺的光芒，是一组金光闪闪而颇有热度的美诗，正如它的标题"金色十四行"所示。

然而，它的光芒来自于何处？组诗中的几乎每一首诗中，都存在"光芒"、"光"、"光线"的意象，不过是以多种多样的形态与方式而存在的。"它降落地上，穿一袭晚风/它随时赴死，手握金色光芒"（《河流每天付之东流》）。这里的"它"，也许是诗人自我，也许是大地上的河流，无论如何，"它"都是一种生命的存在，因为它"手握金色光芒"。"花朵迷乱地盛开，沿着光年的速度/它们呼喊：赶快出发"（《你的呼吸》）。这里的"它们"，自然是大地上的花朵，正以种种具有生命活力的形式，发出"赶快出发"的呼喊，并且是以"光年的速度"，它们的意象何其生动、形象与可感。"这是另一种表达方式，我们会回来/我们要洗礼，我们要找回艰难的时辰"（《我们会回来》）。这里表面上看来似乎没有光芒的意象，然而"洗礼"一词来自于基督教，因此也可以感受到"光芒"的存在与意义。"它正被光芒祈祷，这来历不明的光芒/正把肉体歌吟，冬天来了，风切割它"（《云朵把清风解开》）。这里的"它"也许是云朵，也许不是云朵；也许是自我，也许不是自我。"光芒"真的是来历不明吗？诗人是知道的，只是没有明说而已。"隐蔽的言辞来自干燥的裂唇/每天要醒来，每天还要睡去/那一刻，你的额头放射细碎的光芒"（《那一刻》）。"你"是抒情主人公对话的对象，似乎是有神性的，因为他的"额头放射细碎的光芒"。"我的心结如光线直立水中/系不紧又解不开，大地的花瓣呵/亲吻黑暗的光芒"（《大地的花瓣》）。在这里，自我的"心灵"受到了来自外界的影响，所以是很不稳定的，就像"大地的花瓣"亲吻黑暗的"光芒"，以自我的善来对待所有的恶，这样一种宗教精神得到了充分的表达。"它时而疾走如飞，它发誓永不发光/它即使发光也十分短暂/一点可怜的光，偶然的光，破碎的光/刚好被光芒遮盖，如同张弓的独臂者"（《它是不是一个奇迹》）。这里的"它"虽然发光，然而更大的光芒遮住了它，因此而显出一种孤独与高远的倾向。从以上的引述可以看出，"光芒"是组诗最为核心的意象，成为了诗人的思维主体，是我们不得不首先关注的内容与对象。"光芒"的意象，以及由此而带来的诗的光芒，它究竟来自于何处？我们认为，这种光芒主要来自于以下五个方面：

首先，"光芒"来自于诗人情感的纯净。"一群炎热的夏天走出房间/河水款款而来，阳光抚摸对岸寂寞的皮肤/花朵迷乱地盛开，沿着光年的速度/它们呼喊：赶快出发"(《你的呼吸》)。读着这样的诗句,就感觉到一种生命的律动,一种自然的原生态,一种情感的动荡。而诗中所写,全是"你的呼吸",自然是情人之间的对话。"当一株植物屏气凝神 / 它正被瓦解,自由的骨骸使我安静 / 当时间走来,身披缄默如石的衣裳"(《云朵把清风解开》)。抒情主人公虽然还是"我",然而对于"一株植物"的理解,对于此诗的思想之认识却关系重大,一种自由、安静、沉默与开阔的爱情,让我们不得不为之动容,为之落泪。由此,我们可以看出诗中的情感没有任何的杂质,诗人的心灵中也没有任何的阴暗,这正是一个沉静女性之心理的全方位展示。虽然诗人在诸多的诗中不断地追问,然而她是以一种健康的情感与思想进行这种追问的。也许她的思想与情感是一个大海,然而它与阳光相接,与大地相望,与自然相近,与真善美相邻。并不是说诗人不能表现阴暗的东西,波德莱尔与马拉美的诗也仍然有它的价值,然而情感的基调与成色对于诗作的品质来说,特别是对于诗的接受来说,至关重要。如果诗人的感情没有达到一定纯度与精度,诗人的灵魂没有达到一定的高度,诗的丰厚性与感染力就会大打折扣。诗人的情感与思想,还是要经过一定时间与程度的打磨,才可以达到一种发光放彩的地步,诗人毕竟不同于一般的生活者,世俗之气过重的人,难以成为真正的诗人。只有诗人情感的纯粹性,才可以带来诗质的饱满,诗境的广远。

其次,"光芒"来自于具有独创性的意象。组诗具有丰富的意象,并且多半都是具有创造性的,因为它们对许多人来说,都是新鲜的、陌生的与令人回味的。"它降落地上,穿一袭晚风 / 它随时赴死,手握金色光芒 / 整整一年,河流每天付之东流 / 黑暗看不见黑暗的脸庞"(《河流每天付之东流》)。这里的"它"是陌生的,以至于我们难于明白它的所指,特别是"手握金色光芒"和"黑暗看不见黑暗的脸庞"两个意象,在从前的诗歌作品中是相当少见的,无论中外都是如此。"那一刻,有清风潜入 / 万物同时入梦,你流出热泪 / 照耀铜镜里的面孔,那一刻 / 有梦境穿过,魔鬼在窗外鼓掌"(《那一刻》)。当然这是一个十分特别的时刻,为我们一般的人所没有,就是因为了"你"的特殊表现,这种特别诗人以"你流出热泪 / 照耀铜镜里的面孔"和"魔鬼在窗外鼓掌"两个意象,进行了独到的传达。两个意象多半只是一种幻象,出自于抒情主人公的一种想象,却独到地表现了"你"的精神形态,以及在特殊环境下的种种生命律动。"生长出万年的森林,而月光 / 爬出万年以前的古老化石 / ……/ 一个人重新照亮眼底黑夜,照亮双手 / 一个人,是你吗?你的词切开苹果的芬芳清理喉咙 / 洗净声音峭壁上的沙哑"(《在祈祷的地方》)。月光"爬出万年以前的古老化石"是很怪异的意象,在现实生活里你的词"切开苹果的芬芳",也是不可能的,然而,这样的意象却是独到而深刻的,在表现诗人的感觉与女性的力量方面,却是切近原初而复杂多姿的。从总体上来说,组诗中的意象是丰富的、复杂的、动态的,也是多种多样而五彩缤纷的,正是它们让读者觉得新鲜、光亮与丰富、深厚。这些意象,并不是诗人故意突出的什么光明与正义,而是对自我人生的一种独到感觉,对生活的一种诗意发现。可以说,她的诗中基本上没有固定的思想,也没有成熟的思想,更没有什么哲学,只是个体生命的一种感觉,只是与许多历史事件相关、与世界事物相关的存在,但是,没有自我就没有世界与人生的存在,没有世界也没有自我的存在,以及它们如此丰富多彩的呈现。意象创造是诗的起点,也是诗的终点,一首诗中有了创造性的意象,只要有那么一两个,全诗就是生动而有力的存在,并且会永远地存在下去,传之久远。如果没有,那诗意与诗情本身也并不存在,那就什么也谈不上了。意象是诗的本体,并不是诗的手段与途径,然而许多人直到今天也并没有认识到这样一点。

再次,在一行诗、一节诗或一首诗中,往往存在一种相反的运动倾向。"立足点只是一丝光线,但是很快折断 / 目光呆滞,歌喉暗哑,丧失以往幻想 / 它一眨眼就遁入无形,却又随处显现 / 地球呵,你若陨落,请留下带电的翅膀"(《河流每天付之东流》)。在这里,"一丝光线"很快折断,它一眨眼就遁入无形而又随处显现,地球陨落而留下"带电的翅膀",总之,所有的一切都是一种逆向的双面存在,让诗情诗思显得曲折而复杂。"是夏天,吮吸着体内火焰 / 远远地嫉妒着海浪的舌尖 / 我坐在船尾,倾听你的呼吸深入骨髓 / 船在忧郁的小风细浪中,停止不前"(《你的呼吸》)。一方面是夏天在吮吸着"体内火焰",一方面是它远远嫉妒着"海浪的舌尖";一方面是在倾听着"你的呼吸",一方面是船在小风中"停止不前",总之,这里的事物也都是一种相对性的存在。"天空降临了,在天空以外 / 没有年代没有记载也没有人 / 为它的到来见证,天空降临了 / 在天空以外,又乘滑轮远去"(《我们会回来》)。这里的诗句,很有哲理性,同时也很有相对性,"天空之外"还有天空,没有年代也没有记载,它迅速地来了,却又可以乘滑轮而远去,如此等等,难于理解却可以感受,我们也认识到了它的独立与高远。"流星们随手一甩,光芒就纷纷落下 / 邪恶照旧横行,或者窃笑,或者转身 / 时间拿走了清晨,留下暮色"(《那一刻》)。一方面是"流星们",一方面是"邪恶"们;一方面是"清晨",一方面是"暮色",都是一种相反相对的存在,表现的都是诗人在那一刻的感觉,这种感觉如此的复杂而原初。不同于中国古典诗歌的结构,也不同于西方十四行诗的结构,更不同于中国民间歌谣的结构,从这种相反的倾向里也可以看出来。诗的追求也许是多种多样的,然而以少胜多、以一当十却是共性,也是它区别于小说、散文等文体的关键之处。在一行诗或一首诗中,存在相反方向的情感与意象,表明诗人总是在尽力表达她那最初的感觉,一种没有经过过滤的、没有任何理性成分的原始印象,这是一首诗成为杰作的基础。组诗诗情的复杂性、诗意的曲折性与诗思的丰满性,皆来自于此。明白如清水,简略如蓝天,对于读者往往没有什么震撼力与生命力。

  第四,"光芒"也来自于自然天成的诗歌语言。诗的语言是多种多样的,组诗的语言与别的作品有很大的不同,那就是它是如此的纯净、纯粹与简洁,没有任何一句多余的话,甚至多余的字与词。"仿佛被预言,这些天空,无知的天空 / 无声无息的天空,最具危险性的天空呵"(《我们会回来》)。似乎是一种排比,其实是一种延续性的句子组合,表现诗人对于天空的认知与感叹。"一只无形的手挖取秘密,一只无形的手 / 熄灭灯盏,一只无形的意乱情迷的手 / 我正要仰望它,云朵已把清风解开"(《云朵把清风解开》)。"云朵已把清风解开"是不可能的,只有清风把云朵解开,然而诗人以此表现了她那样一种独有的感觉。更为重要的是,三个"无形的手"的句子,让我们充分地认识到一种神秘力量的存在,一种在人类之外的超自然力量的存在。这样的语言不是古语,也不是西语,但兼具古语与西语的优势。在此,我们只是讲到了其诗歌语言的一个方面,即具有连续性的诗句的呈现及其意义。在组诗中,诗人对于自我的表达是如此到位,对于自我与他者关系的认识是如此精细,一位情感丰富而富于变化的诗人的心态,跃然纸上。语言是诗的直接现实,诗人内心的一切都要靠语言进行传达,因此,语言的锻造与经营是极其重要的。组诗在语言表达上是如此婉曲、多姿多彩,是与其女性的敏锐感觉与丰富发现相适的,所以对于她而言,并不需要执着地追求什么样的语言,什么样的语调与语感,情感与发现如此,一切都是自然而然、自然天成的。没有做作与雕饰,也不需要做作与雕饰。语言的表达原来如此重要,是诗歌艺术的基石,是艺术审美的直接现实。

  第五,"光芒"更来自于自由开阔的形式。"如果是声音,它会不会生长 / 呼吸会不会难过,在许多时刻 / 我要不要许诺,像小时候吮吸乳汁 / 或者把它放弃,像离开一棵树 / 我刚刚种植好,就要离开它 / 它注定是一场赌注?还是悬念"(《像面对我的婴儿》)。这里排列了一连串的问句,正是在这一系列的疑问中,表现了她敏感的心灵和寻根究底的诗人气质。然而,从形式构成而言,就可以发现它们是自由而开阔的,并不整齐,也不押韵,也不讲对偶,完全是一种自由散体的呈现,表面上看起来,并不是一种

诗人档案

115

诗的形式。然而，一种声音与一棵树的意象，却让诗的形体得到了相对的稳定。"它是不是一个奇迹？是不是/沾满奇迹的奇迹之手？它耀眼，它黑色/它黄色，它是爱或恨的颜色，倘若都是/为什么在仰望的高度，未被发现/倘若都不是，为什么在所经之处随时可见"（《它是不是一个奇迹》）。一连串问句出现在我们的眼前，然而稍有节奏与押韵，一个个的短句，以组合的方式构成了长长的诗行，反反复复的句式，也让诗情诗意达到了交汇与融通。更重要的是许多诗句具有哲理性，让我们得到了进一步思考的机会，在问句中呈现了哲理，在短句中扩展了空间。组诗的讲究还体现在每一个诗题都产生于诗作之中，即每一首诗的标题，都可以从诗中找到出处，诗人是以诗中的某一行，作为了诗的标题，在组诗中就形成了诗意的扣子，往往起到了一种画龙点睛的作用。

组诗虽然是十四行诗的形式，并且在标题中就有所标示，然而，它与我们常见的英语十四行诗或汉语十四行诗，却存在着很大的不同。首先它没有分节，同时它也没有讲究英语十四行诗那样的韵律，基本上也没有十四行诗常有的起承转合的结构，并且有的诗不只十四行，然而，它的句子的构成与语调的把握，则承传了英语十四行诗的精华，因此说它是"金色十四行"，也是没有什么疑问的。十四行诗本来有多种多样的变体，英语十四行诗也不是完全一律的，汉语的十四行也有了多种多样的试验，因此，我们也没有必要只从形式上进行评判，因为从形式构成而言它是没有规则的，总体上就是大气开阔、自由多姿、曲折委婉、气脉贯通，就像一个花枝招展而又内涵深厚的女性，是具有强大魅力的一种存在。在以后的历史上这样的评价也不会有什么变化，因为它首先是诗的，是具有锐利而新鲜的光芒的。

本诗的作者我们并不熟悉，也少有读过她其他的作品。然而，这并不妨碍我们理解她的诗歌。对于她诗歌作品的理解，可以有多种多样的角度，自然也可以有多种多样的理解，甚至完全不同的认识。"光芒"意象的出现，是诗歌内在思想与灵魂质地的问题，如果没有诗人内在自我的诗性，也就不会有"光芒"的意象及其种种变体。而我们在此所讨论的"光芒"，却与诗情、诗性、诗艺相关，显然不是同一个问题。然而，它们之间也是存在关系的，那就是心中有光，笔下才有光，诗情、诗性、诗艺的光，正是来自于诗人心灵与灵魂里的光亮。对于十四行诗来说，光亮也许是不可少的，它对于我们正在从事的汉语十四行诗实验，自然也会具有重要而深远的意义。无论具有什么样的形式，诗性、诗质却是必不可少的，而诗性、诗质是与诗人自我完全同一的，甚至它们本身就是一回事。Z

外国诗歌
FOREIGN POETRY

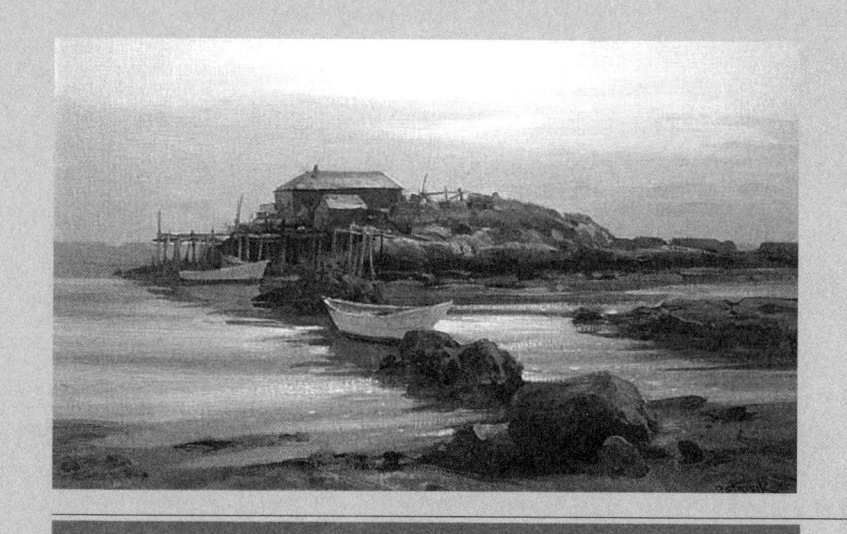

想起那个属于她的地方，
只有一个小时——在那里
她什么也不是，
在日子的中间，纯粹得什么也不是。

——《白天的星星》

丽塔·达夫诗选

□ 程佳 宋子江/译

偶 然

你的出现，就仿佛
磁铁吸清了空气。
之前我从未见过那样的微笑，
还有你的头发，银色飘飘。某个人
在挥手再见，她，也是银色的。
当然，你没有看见我。
我轻声呼唤，这样你就可以选择
不回应——然后再呼唤。
你在光中转身，你的眼睛
找寻你的名字。

几 何

我证明一个定理，这房子能展开：
窗户挣脱束缚盘旋在天花板附近，
天花板叹息一声飘然而去。

当墙壁清干净自身的一切
只剩下透明，康乃馨的香气
随之离去。我暴露在露天，

头顶上，窗户都铰链成了蝴蝶，
阳光闪烁在它们相交之处。
它们在飞向某个点，它真实且未被证明。

青春期 I

露水浓重的夜晚，在外祖母的门廊后面
我们跪在挠人痒痒的草上说悄悄话：
琳达的脸悬在我们面前，苍白如一颗山核桃，
显得很智慧，因为她说：
"男孩的嘴唇很柔软，
柔软如婴儿的皮肤。"
空气听见她的话都凝固了。
一只萤火虫在我耳边嗡嗡地飞，远处
我能听见街灯砰的一声
变成了一个个微型太阳
映在一个长着羽毛的天空。

青春期 II

虽然是夜里，我坐在浴室，等待着。
汗水在膝盖后面刺痛，小乳头警觉地翘起。
百叶窗把月亮片切了；瓷砖哆嗦成苍白的带子。

然后他们来了，三个海豹人，眼睛圆圆的
像餐盘，睫毛像磨尖的齿头。
他们带来甘草糖的香味。一个坐在洗盆里，

一个坐在浴缸边；一个靠在门上。
"你感觉得到吗？"他们轻声说。
我还是不知怎么表达。他们偷偷地笑，

用手拍拍自己光滑的身子。
"好吧，也许下一次。"他们站起身，
像月光下的墨池，闪闪发亮，

然后消失了。我抓住那些破洞，
他们留下的，就在这黑暗的边缘。
夜像一团毛球，歇在我的舌头上。

美女与野兽

亲爱的，餐盘已经收拾好了，
仆人们都回到自己的住处。
今晚我们躺在什么样的谎言上呢？
那只兔子在你心中怦怦狂跳，我的

孩子般的双腿，因成天穿着衬裙而苍白？
否则我父亲不会忍无可忍
带着我们的纪念品一路吃力地走回家。
你那么英俊，我的心渐渐被侵蚀……

野兽啊，你躺在我脚边悲伤的样子好蠢，
那时我还太小，没见过任何东西
死去。现在，外面的玫瑰正在叠起
一瓣瓣红唇。我想念我的姐妹们——

她们就站在自己模糊的镜子前。
灰色的野兽在窗下团团转。
姐妹们啊，不明白将要把你们抢走的是什么
　吗——
难道是期盼中的、英俊的、需要我们的那一位？

石头中的鱼

石头中的鱼
宁愿落回
大海。

他厌倦
分析，那些可预言的
小真理。
他厌倦在露天里
等待，

他的侧影被一道白光
盖上封印。

沉默在深海
游啊游啊

而且太多没有必要！
他随遇而安，耐心
待那一刻来临
抛掷他的
骨骼之花。

石头中的鱼
知道失败乃是
给予生者一个
恩惠。

他知道为什么那只蚂蚁
策划一个帮匪的
葬礼，俗丽
有着完美的琥珀色。
他知道为什么那个科学家
暗自欣喜
摸抚羊齿蕨的
性感盲文。

借助字典，在天井上读荷尔德林

一个一个，那些词
投降了，
白旗被遣出
寂静的营地。

我的羞怯何时已归来？

这个晚上，天空拒绝
躺下。太阳蹲伏在
叶子后面，但是树
很早就走开了。
浮在表面的意思

歪着身子向我走来，
我大踏步

走出身体去迎接，
逐字逐句，直到我

瞬间化为一切：芬芳的
世界，
我沉入，
一个潜水者
忆着空气。

苇丛间

砍一茎从前
长在河里的芦苇。
倚仗它。掂量

你手里的一块石头，
之后把它放下。
静观青苔将它覆盖。

使劲敲打这块石头，
看它是否在想着
水。

事　件

他们离开田纳西山岭时
没别的可夸耀，
只有美貌和一把曼陀铃，

两个黑种人依靠着，
在一条江轮上
从此无法分开：莱姆弹琴

为托马斯的银色假声伴奏。
但是晚上很热，他们喝醉了，
呕吐之处轮桨

搅和着泥浆与月光，
香蕉林下
他们呼唤狼蛛

出来跳舞。

你这么好这么强大，我们就看看
你能做些什么，托马斯说，指向

一个戴着树帽子的小岛。
莱姆脱去衣服，满不在乎：那些是栗子，
我以为。跳入水中

快如喘气。托马斯，干着身子
在甲板上，看见那顶绿冠摇摆
而那个岛在打滑

向下，溶解
在越来越浓的小溪里。
他的脚边

是一圈发臭的破衣裳
和那把半壳形的曼陀铃。
轮桨打转处，水

轻轻抽成褶。

疼痛变奏

两根弦，一声刺穿的哭。
那么多方法可模拟
耳边的回响。

他躺在床上，曼陀铃
抱在怀里。两根弦
一个音，十七个
品位；脊状的声音
在结着茧子的指尖下
哼唱。

他的大脑里
有一根针，但没有东西
适合穿过它。声音颤抖着
如一根拉长的绳，清晰
可以落地，紧张、充盈，
一个男人在抽噎。

两根滑腻的弦
一片刺穿的脑叶：

这就是被原谅的过去。

得子变奏

女儿的头那个害羞的角度——
都是从哪里学来的呀？
他的士兵满眼温柔
等着心上人悄悄溜出
面纱。托马斯知道
他会发现什么——一个嘲弄的微笑，勇敢
犹如那个年轻中士光滑的脸上
干净利落通过战斗打响第一分钟时的表情。
女人们称之为献吻。

看着新郎吞咽口水，
第一次托马斯感觉很想
管他叫儿子。

在洗物中说

爸爸叫她宝贝，那是他在喝醉酒
回家的时候，摇摇晃晃，就好像风只碰
他一个人。一到冬天他的皮肤就发白，
从马栗变成了生姜，寒气逼来
黄色褪尽。他身上有切罗基人的血液，
妈妈说。妈妈从未变过：
每当那只狗爬到炉子下面
后门砰的一声关上，妈妈便藏起
洗好的衣物。希巴吠叫起来，如同置身于
雪中或三叶草丛，被宠坏的一条母狗。

她是爸爸的女孩，
尽管她是黑色的。有一次
大冬天，她穿过梦境
径直走下楼梯
停在镜子前，一只野兽
睁着惊恐的眼睛
尖叫把屋子都吵醒了。今晚

每盏灯都在哼哼，厨房寒冷似北极，
雪白的床单飞舞。爸爸正让手帕
扬帆航行。她脚搁在丝绸

缝的玫瑰上，等待着
直到他转过身，笑容滑遍全身。
妈妈握紧黑色的拳头。
碰那孩子

我就砍你
就像砍倒黎巴嫩的雪松。

白天的星星

她想要一点思考的空间：
但看见尿布在晾衣绳上冒着热气，
一个布娃娃倒在门后。

于是她拖来一把椅子在车库后面
趁孩子们午睡时小坐一会儿。

有时候有些东西值得看一看——
一只消失的蟋蟀皱缩的甲壳，
一片飘落的枫叶。其他日子
她目不转睛地凝望，直到确定
闭上眼时
只看得见自己生动的血。

有一个小时吧，最多，之后丽莎出现
在楼上的楼梯口，噘着小嘴。
刚才妈妈在干啥呢，
和外面那些田鼠在一起？啊，

在建造一个宫殿。后来
那天晚上，托马斯翻过身
摇摇晃晃进入她时，她会睁开眼睛
想起那个属于她的地方，
只有一个小时——在那里
她什么也不是，
在日子的中间，纯粹得什么也不是。

伴

没人能够帮他了。
隔壁骑红色脚踏车的
那个小家伙不行，

被他用曼陀铃搞得心烦意乱的

金丝雀不行。再不会有
更多的树在月光下唤醒他，
也不会有一个干燥的春天早晨
鱼儿寂寞需要陪伴。

她站在那里告诉他：算了吧。
她厌倦了救护警报和他那张
盐腌过的脸。如果这是暗号

她告诉他，听着：我们都是好人，
虽然我们从不相信。
但是现在他连她的脚都碰不到。

东方女芭蕾舞演员

在一朵康乃馨的花瓣尖上旋转，
收音机吱吱嘎嘎划出一曲晨祷。
日光还没有冒险走远

来到窗户——墙壁仍然黑暗，
印着超大的栀子花
鬼影。女芭蕾舞演员

旋转到那个不平整的
旧十字架机关，她提起肩
经过珠宝盒的

边缘。两只粉红色的鞋
触到破碎的花瓣，没有人
会有那么小的脚！在中国

他们把一切都颠倒了：
这个女芭蕾舞演员没起来而是钻了
一条隧道直抵美国。

在美国穷人的卧室
用纸糊着庸俗的花朵，
背景上的颜色有油脂、有

茶包，有仿胡桃木。
在世界的另一端

他们正脱去长袍，那上面绣着

玫瑰，玫瑰嘶的一声
飘到床边的地板上。
此时，这边，太阳终于敲打窗户

敲得玻璃突然不透明了，
含含糊糊像盾牌。这间房里
有一张床，太阳去了那里

散步。有根稻草点头触碰到
它的玻璃唇；一只手
伸向一张纸巾，把它揉成一朵花。

女芭蕾舞演员已经钻了整整一夜！
她炫耀自己的裙子像帆，
在一个十分亮洁的盘子里旋转，

转得飞快，似站立不动。
太阳走过床去到枕头边
停下来喘口气（在东方，

气息缥缈如田野中的
薄雾），在一块打结的手帕上
犹犹豫豫，手帕已滑落

在它的弦上并且停歇在了
右耳下面，这只耳朵辨别得出
最精致脆弱的音乐

世上鲜有。女芭蕾舞演员舞蹈在
光的隧道尽头，
她在自己不可能的脚尖上旋转——

其余部分都是阴影。
头在枕头上看不见别的
但感觉得到太阳温暖着

自己的脸颊。没有中国；
没有十字架，只有那个纸质的吻，
克里内克丝牌面巾纸上樟脑的臭味，

墙壁与破旧的芭蕾舞裙一同爆裂……

我拒绝冥想于其中的诗

一封母亲的来信在等着：
站着读信，凌晨一点，
刚到德国的婆婆家里

从巴黎过来，开了六个小时的车。
我们的女儿在奶奶的床上蹦，
很开心回到这一种语言

她懂。大家好！你的明信片
9号就寄到了——熟悉的拼写错的
单词、感叹句。我希望我的身体

不会抽筋漏气；我很想——
正如我女儿说的，假装成
"爸爸"——穿上靴子，散很长时间的步，

一个人。你在华盛顿特区的表弟罗尼——
还记得他吗？——就是那个
比你小几个月的——

在一家辣牛肉酱店里被勒死了，
你的梅阿姨现在神经有些错乱！
妈妈把话题跳到了园子，说它现在

出产——洋葱、牛皮菜，
生菜、生菜、生菜、萝卜，更多生菜，
就在眼下！玫瑰开得正盛。

我不是一直都讨厌园艺的吗？但是德语，
有其耐心、咕咕哝哝的构成要素，
在这方面，英语，也是一样，

美式英语耐嚼的鼻音？浣熊
已经把这当家了
我们一共十个在狭窄的楼梯间

可我感觉不到他的手，谁知道
再也感觉不到了，怎么把它们弄出去？
我还站着。好多袋子等着要拆呢。

就写这么多吧。照顾好自己。

献　辞
——仿切斯瓦夫·米沃什作

别睬我。这个要求打上了结——
我并不羞于承认它。
我不会答应任何事。我是一个魔法，
可以震聋你的耳朵，就像一场暴雨或一口井。

我很清楚怎么做介绍，五分钟调情，
结束旧新闻。
破颜色，这种愿想，
艳俗，有尴尬的不确定性。

从前有一座山，山上红枫茂密，
还有一条小溪
从黑蔷薇丛中流出。
那里很安静：没有风
夺走被扔到空中的鸟儿的哭喊，
我坐在高空，还不认识你。

倘若没有办法把我们困在谣言中，
音乐或书籍是什么？自由精致的牢笼！
我不想要糟糕的音乐，我不想要
错误的学识；我只想要知道

我错过了什么，很早的时候——
那个讽刺性的对完全迷失的三指敬礼。

狂想曲

伟大的米克罗斯
别名尼克劳斯·约瑟夫
查若科兹的萨拉蒙帮派分子
加蓝塔区艾斯达拉奇家族的继承人，
佛托德的巴洛克式城堡皇室里的煽动者
奥斯陆帝国的陆军元帅（门面）
音乐家（实业），清醒，诚实，
受过耶稣会的教育，

他有一个幻想：集合

大自然诞生的所有怪胎
侏儒，非洲人，或者吉卜赛人
残暴的突厥人，或者板起脸的婆罗洲人，
把他们都召集到身前
穿着艾斯达拉奇家族
深蓝色和红色的制服
看看他们当中谁最能够忍受
高尚礼节
帝国的服饰。

他会开一场面具舞会。
海顿会写一部歌剧。

一切都被泄露了，赭色石头算出月初
他们都搁浅在沼泽地上
纽西勒瑟，匈牙利
西部乡野，
1785。

英雄们

一朵花，长在杂草丛生的地里：
当它是一朵罂粟花吧。你摘下它，
因为它开始枯萎了。

你跑到最近的一栋房子
去要一罐水。
那个女人在门廊上开始

尖叫：你摘了最后一朵罂粟花。
在他凄凉的花园里，那朵花
每天早晨给了她力量

起来！道歉太晚了，
虽然你走了过场，拿来
小饰品和历史上记载的有汁味的一个段子，

但不管怎样，她都不会活着去读了。
于是你揍她，她的头
撞在一块白色大石头上。

无计可施
只有把石头砸碎

堆在偷来的罐子里用来撑那朵花。

你必须带着它，
因为你现在是一名逃犯，
你不能留下线索。

谜团已经开始解开，
村民们传得沸沸扬扬，此时你的心
怦怦跳到了嗓子眼。啊，为什么

你要摘那朵白痴一样的花呢？
因为它是最后一朵，
你知道的，

它快死了。

歌　吟

我还年轻的时候，月亮说谜语
而星星押韵。我是一件新玩具
等待主人来把我拾起。

我还年轻的时候，我把日子过到快活的膝盖上
在那儿，可以吊秋千树，可以捉蟋蟀。

我不那么甜美却无限残酷，
舌头舔满蜜糖，沾满牛奶，
日灼，银色，结疤，像一匹小雄马。

世界已老，
昨天的我比今天的我更老。

有一次我故意切到手指

我不是小孩。衣橱里也并非
藏着熊人，喘着粗气。
我一个在家
他们问我要不要给我留一盏夜灯
我说要——
但是只留下影子。
我知道他们夜晚会吵闹。

我为我的玩具吉赛尔猴子穿上
红色的衣服，他们说那曾是
我穿的——如果真的是这样，吉赛尔
跑去枫木门廊上把衣服撕掉时，为什么
他们会大喊大叫？为什么母亲说
等你长大了，我真希望你会
有你这样的女儿。

假若成真，我有一个女儿
藏在衣橱里——让他们
觉得丢脸的人，被锁起来
我那时候还太小，不懂得哭。

我现在天天看着他们：
母亲被火炉烧伤了
眉头都不皱一下。父亲
在福特汽车里断了拇指
还放在嘴里吸吮做表演。
他们给弟弟买了一辆只给男孩儿玩的
火车，所以我用最后一节车厢
封他为王——他从摇座上
掉下来，一声不吭；
连一滴血也没有留下。

那时候我终于知道他们只是
机器人。但我也不是傻子：
我把他们喂给我的东西都吃了，
我让他们把猴子收好。
等我长大了，我会跨过那条蟒蛇
狐狸会咬紧自己的尾巴
去找我的女孩，她躺着等我……
我们会安静地待在那儿
直到被日光找到。

第一本书

打开它。
打开吧，它不会咬你的。
好吧……或者它会咬你一下。

就像轻轻一夹。有点儿麻。
很快乐的，真的。

你看，它不断地翻开。
你或会坠入其中。

当然，万事开头难；
你还记得怎样学会用

刀叉吗？挖掘：
你永远寻不到底部。

又不是世界末日——
只是你所想

所知的世界。

证　明

回来，当土地焕然一新
天堂不过是一声耳语；
回来，当事物的名字
还未及时僵化；

回来，当最微的微风
把夏天融化成秋天，
当每一排每一列杨树
都甜蜜地颤抖……

世界召唤，我回答。
每一下瞥视都被燃烧成凝视。
我喘了口气，把它叫作生命，
陶醉于一匙又一匙雪葩之间。

我踮起脚尖的旋转，我盛放，
我是金银丝线，我是火焰。
我不知道祝福的名字，
如何把它点算？

回来，当一切仍有待出现，
运气四处流溢。
我为世界许下承诺，
世界随我来去此地。

周末晚的黑

这不是紫丁香之地
也不是一个人
回到自己人的地方。臀
在这里是一笔财富，颜色
有预谋地闪现
柠檬色、黄铜色、樱桃色
只在一召一反之间
美的谎言被识穿
而真理被磨成粗糙：
在这里，你得到的懊悔
是《宪法》赋予的权利

总是发生一些我们
并不害怕的事情，总
不是现在，为什么
你们如此做作
（意思是我们插上了碧冬茄花
而不是绣球花，拒绝淡褐色
是我们的时尚声明。）

但我们做不到——不行，因为
活着的薪金是罪
罪的薪金是爱
爱的薪金是痛
痛的薪金是哲学
而它必然导致一种恶劣的态度
一种恶劣的态度无助于
一切，因为你或许会
不断地跳舞，跳到
明天，你放弃了，大叫一声
因为只有
周末晚上了，我们就在其中——
黑如黑之所能
黑如黑之所为
并非观念
亦非百分比
而是自然法则。

新诗经典
CLASSIC NEW POETRY

KE ZHONG PING
柯仲平

〔1902—1964〕

  云南宝宁(今广南)人。六岁入私塾启蒙。1910年进入广南县高等小学,1916年考入省立一中,1926年肄业于北京政法大学,同年到上海,在创造社出版部、狂飙社出版部工作,并在建设大学任教。1930年加入中国共产党。后任上海工人纠察队总部秘书、联合会纠察部秘书。1937年到延安,参与倡导街头诗。曾任陕甘宁边区民众剧团团长、陕甘宁边区文化协会主任。建国后,历任西北军政委员会文教委员会副主任兼西北艺术学院院长、中国作家协会副主席等。是第一、二届全国人大代表,第一届全国政协代表。

  著有诗剧《凤火山》,叙事长诗《边区自卫军》、《平汉路工人破坏大队》,短诗集《从延安到北京》,另有《柯仲平诗文集》四卷行世。

柯仲平诗选

赠 歌

我赠你以春兰,
你赠我以秋菊;
我赠你以芳香的,
你赠我以美丽的;
芳香的,美丽的,
吾们是呵
　春兰!
　秋菊!

我赠你以荆,
你赠我以蕨;
我赠你以秋衣草,
你赠我以活麻叶;
秋衣草,活麻叶,
吾们是
　荆呵!
　麻呵!

我赠你以白芙蓉,
你还我以蔓荆草;
我亲热地来和你握手,
你冷眼地转了头!
蔓荆草,转了头,
吾们还能够
　再送芙蓉,
　重来握手!?

白云赠我以逍遥,
青天赠我以太空;

我平铺着的心毡,
早赠星月作垫毯。
作垫毯,愿作垫毯,
我只是个星月客,
　逍遥太空!
　太空逍遥!

此千起万伏的银河
——二十五节跑雪曲

跑呵!跑呵!尽情地跑呵!
跑进这个世界去,
愿在这个世界中,
不见个先我而来的足迹!

舞呵!舞呵!尽情地舞呵!
舞在梨花纷飞中,
没有一物,
挡住去路。

深深的足痕,
一个个镶在你心上;
蓬蓬勃勃的喘息,
缭绕在大气之中。

正似一个孤舟子呵,
驾孤舟,荡进汪洋;
好厉害的风涛呵,
惟我与伊,独自来往。

原来这儿还是荒原,
原来这儿还是坎坷之场。

正好赶她一群蝴蝶儿,
可我一跂跌在白茫茫的荒原上。

落得君引颈而啾啾,
君,一只勇敢的飞禽;
落得君掀绛纱而微笑,
君——我云中的行星。

起来更觉精神,
起来更要奋进;
你妙心而寡力的,
怎不就葬我在此雪茔?

哦!醒狮发怒了!
　他在抖动他全身的鬣毛;
呵!树林上的花朵,
　朵朵儿飞绕在我的周遭。

哦!醒狮发怒了!
嗬!醒狮发怒了!
嗬!醒狮发怒了!醒狮发怒了!嗬!

在这坎坷而荒野的地方,
不想这儿还有你在伴着我,
醒狮呵!亲爱的!
你我共怀的醒狮呵!

我用赤裸裸的全生命,
直渡进此无衣之美宫;
不见你,不感寂寞,
见了你,醒狮呵!才知往时虚空!

天已渐渐展眉了,
看看我的行星罢,
脸色绯红呵,
驱散这灰色的周遭!

对面是点点山丘吗?
哦!这儿埋葬着累累荒墓!
怎么要向此地跑来呢?
不是个"出死入生",反是个出生入死了呵!

去罢!可笑你累累的荒墓!
　可笑你一根根的白骨!

你生前或甚受人爱敬,
你死呵,一根根的白骨!

——嘻!咒到死者吗?
　喂!我周围可站着无数张牙的鬼!?
——呸!你们算什么!
　敢来罢!你们张牙的鬼!

昨夕前夕,
天边碎死了两个红日;
一个心血满天飞,一个心血溅大地;
一集成西方的红海,一贯成东方的长流。

昨晨前晨,
东天降生了两颗赤星;
一个拨云雾而奋进,
一个赤精精闪放光明。

听清了?
我的歌声;
我走罢,
生之波,此千起万伏的银河!

这儿一行行之碧波,
穿破白雪来见我;
生命的嫩芽,
生命的启示呵!

此碧波,此碧波,
小麦儿们的碧波;
我未料想醒狮之外,
还有无数的你们伴着我!

呵!周身微潮了呵,
我竟戴着珍珠的王冠,
我竟穿着玉琢的暖鞋,
我飞跑,我不知所以。

奔入此巍巍之松林,
它好像地球的肋骨样;
尽量地吹入我的微热吧,
哪管它是冰心还是热情。

出了松林,似乎有些饥倦了,

休息一会儿吧……
"呵!天上的行星,
你怎么立刻坠入了黑云?"

跑吧!跑吧!立刻前奔吧!
"哈哈!天上的行星,
你已撕碎了你面前的黑云,
我饥渴,我就饱餐你的笑容吧!"

眼前的世界——银灰色的世界;
眼前的风——醒狮狂吼的风呵;
眼前的碧波——小麦儿穿破重雪的碧波;
生命的生命——眼前的生命呵!

长 征

爱我者稀稀;
你爱我者之一人呵,
你所指着的那幸运之途,
原不是我敢高攀的;
假若我高攀了那幸运之途,
谁还肯——奔来这老不幸的长征路?

落红雨谢的那日,
我与位化学师相遇,
他哭泣,紧拖我短衣:
"呵!我的先生呵!你!
我要仔细儿分析!"
"分析吧,你分析,
可我的血管中没有一个幸运的原子!"

有永恒而整个的天空,
哪有永恒而不碎的波涛呵?
有永恒而整个的性灵,
哪有平静而没波的生命?
但由那烈日下的长征者看来呵,
"我以外的,
　谁不享着平静无波之荣华?"

昨日,有平素嫉我特深的一人,
她忽来,苦劝我走幸运之途一程;
我感谢,可疑是——
　她来"献美人"。

我的脚下莫非暗灰色,
"呵!我的好人,
我只能在这老不幸之途上长征!"

我要喝加料的白干酒与红葡萄

快酿你加料的白干酒与红葡萄!
快酿你加料的白干酒与红葡萄!
耐不住了!耐不住了!
我们儿女的战火都在熊熊烧!
我们儿女的战火都在熊熊烧!
耐不住了!耐不住了!
快酿你加料的白干酒与红葡萄!
快酿你加料的白干酒与红葡萄!

烧!烧!烧!
战火烧!
莫启动那先死者的嘴唇吧,
让生者在战时,喝罢了白干又喝红葡萄!
呵!喝罢了白干又喝红葡萄。
烧!烧!烧!
战火烧!
喝罢了白干又喝红葡萄!

让我那满箱的乱纸都成了遗稿,
这一往新唱的战歌,可要
　在这人肉市场上飞奔而狂号。
要是这一个民族不值得生存呀,
　战死好了!战死好了!
要是这一个民族还值得生存呀,
　那战死就是生存了!
　那战死就是生存了!

呵!这太空呵,水晶质的一盒棺罩!
　天皇与毒蛇有甚差别?
　富儿与粪土同是肥料;
　吐尽你口中的毒液呵,那真是徒劳;
　横竖任你腐臭国,渺小国,市侩国,
　征服了,通通征服了——
　　被这水晶质的一盒棺罩!

征服了,征服了,
所有的国土统被征服了!

战火烧，战火烧，
所有国土统被战火烧！
白衣、绿草、血阳是怎样调和的色调呵，
人类互相赠答的葬礼不外是狼毒与枪刀。
征服了！征服了！
所有的国土统被征服了！
烧！烧！烧！
战火烧！战火烧！
我的兄弟姐妹们呀！
战火烧！战火烧！
　　口渴得不得了呵！
　　我口渴得不得了！
我要喝，我要喝加料的白干酒与红葡萄！
我要喝，我要喝加料的白干酒与红葡萄！

走到地狱地狱下

下界喊叫"杀呀杀！
　　杀杀杀！杀杀杀！"
我猛在云端立马；
一忽儿抽出了锐箭三支，
支支都往仇敌处射下；
我说，这回总会射死几个仇敌了，
　这回射死的该会是对头冤家；
走马，走马，我仍在云端走马。

我骑的不是桃花马，而是雪花马，
那马儿生就是奔放云涛，惯走天涯；
好容易呵！一次云端立马，
射不死几个仇敌冤家，
我马空立我箭不就白发吗？
——然而我马真空立我箭更是瞎发了，
　那叫哭连天的都不是仇敌冤家，
　那叫哭连天的都不是仇敌冤家。

走马，走马，我仍在云端走马，
任它下界紧叫"杀呀！
　　杀杀杀！杀杀杀！"
走马，走马，我仍在云端走马；
——可这回，怪也奇怪，
　我马儿似特异激昂的叫我惊讶！
"哗……哗……！
嘶……嘶……！"

我下马，难怪是有支箭穿我马胸膛下！
血似泉涌呵！我一拔再拔，
　急解衣和裤缠好我的雪花；
吻了她的伤痕一口又一口，
拿起箭儿检查复检查，
要检查那放箭人是哪一个仇敌冤家；
检查了，放箭人是一个匿名的仇敌，
但是你晓得这一支箭儿原是谁的呀？

你晓得这一支箭儿原是谁的呀？
这箭儿，我曾失落在一个酒家。
自己箭伤自己雪花马，
料不定，待后来又不是自己的剑将自己头割下？
呵！我马儿不住"哗哗哗……！"
　我的马儿不住"嘶嘶嘶……！"
　　——此番我还忍心跨上吗？
游息天涯，且嘱她游息天涯。

我从云端上急急走下，
我要找我所有的仇家。
走过群山峰，跨过人间塔；
我愿炼就一口饮血剑，
我想追寻一匹乌驹马。
任马儿驰奔地上，
任剑儿东砍西杀：
人间所崇拜的"英雄"呵，都叫他个个落马。

但我不曾炼就一口剑，
也未寻到我的乌驹马；
我跑下了山峰，
　跳下了高山塔；
分明就是来地狱，
来地狱就得到地狱的地狱下；
鬼子们的威风是不用说的了，
也许那便是"地狱里的恩情"吧！

到了地狱地狱下，
我就渴望一匹灰色马，
　愿她践踏！
　愿她践踏！

我不承认是个救主，
也不预言说，这地狱道尽头，也是无光，
　无爱，亦无花，

我只望一匹灰色马尽情践踏！
我只望一匹灰色马尽情践踏！

然而我也没有一匹灰色马，
　我倒朝朝困在地狱地狱下，
　身不能起，手不能动，
　我能取消那李小妹的笑骂吗？
　"傻瓜，你这傻瓜！"
急于创造的都不曾创造，
要斩杀的不曾斩杀，
朝朝困在地狱下，朝朝困在地狱下，
"傻瓜呵！你这傻瓜！"

所望的似都隔在视力外，
朝朝暮暮在地狱中孤往孤来；
地狱早已浸透我的多弦琴，
我不过暂且忍耐，
也嫌力未足，故不随意向人弹；
——然而，我就仅是一个琴师吗？

我当一面攻战一面弹，
　弹到那个急流处便头断弦也断。

怕这地狱苦的哪算男儿呵！
怕这地狱苦的真个不算男儿汉；
谁要夺我杀敌的武器吗？
除非我已入了棺。
——其实谁敢相信我能拨开我掌拳呵，
　纵使我已真的入了棺。
唉！既已进了狱下狱，背上又写明是"待决犯"，
仇敌呵！我说，要我入棺你得先入棺！

受难的不先发难谁发难？
隔席人他哪知你口中的苦与甘；
强盗群固然常常虎视在森林中，
——鹊鸟仍自奋飞往又奋飞还；
战吧！地狱里的弱者永没家，
　地狱里的弱者不死就得做牛马！
战吧！战吧！问你哪个不在天棺下？
战吧！战吧！问你谁是谁的老牛马!?

听呵！
　"贱卖啦！
　贱卖啦！
人肉贱卖啦！……"
听呵！
　"快买呀！
　快买呀！
人头贱过冬瓜价！"

果然人头贱过冬瓜价，
我愿把仇敌的百个脑袋儿换个冬瓜；
可惜这正是暑天呀，西瓜吧，再加十倍脑袋儿
　换个西瓜；
你贫苦而弱小的朋友们呵！
你请算命先生算算吧——
你在的哪个市场
　或是哪个强有力的富翁家，
说不定，也会被它一踢踢往那边的粪土下！

　"贱卖啦！
　贱卖啦！
人肉贱卖啦！
　快买呀！
　快买呀！
人头贱过冬瓜价！"
啊！我恨我剑钝又没马，
——但如今又哪管得剑钝又哪管得没马呵！
如今呵如今，不时也愁望天涯，
我认明这儿不是全灵魂的住家，
我也怕，我的雪花马也带了重伤随我地狱下；
更怕这污血染坏了她的毛发；
杀呀杀！这里天天都叫杀杀杀！
莫问说，人头是几时落下吧；
杀呀杀！不时我也偷个空儿，
看看天涯，看看那为我而伤痛的雪花。

酒不消愁还喝酒

整日你愁，为甚值得这般愁？
黄河决口，开封不也变沙丘？
只爱五月花，腊梅把你恨煞，
西风要骂，难得美玉无瑕瑕？
自古道行路难，难的不在高山，
高山高，人可到，惟有愁，酒也消不了！
了！了！了！
你了他不了，征夫血染洛阳古道，

滑稽戏"陈桥",多少辛勤已徒劳!
能实在些,就能空些,
能空些,就实在些。
酒不消愁还喝酒,
明朝洛阳古道,
自有百丈楼。
采五月花,值得爱吗值得愁?

赠爱人

看后面,
后面是我们血染成的大道;
看前面,
前面是我们要开辟的恋野荒郊;
想什么空头心事呀?
走,走,走,
机警地走!
壮勇地走!
按着一定路线走!

赠爱人,
年年有红花绿草;
辟道路,
手里是斧头镰刀;
想什么空头心事呀?
走,走,走,
机警地走!
壮勇地走!
按着一定路线走!

"打肩"

群山围来,围成一个大海碗,
流水一湾,湾到碗中间。
桃花开在柳树后,
柳树长在流水边。
这里虽然无人住,
山根都已开成田。
五十里路走过了,
这里正好"打打肩"。

端起碗来喝几口,

美景可以当烧酒。
坐下地来吸袋烟,
这里吸烟真是活神仙。
不吸烟的去同流水玩,
边区到处都是桃花园。

玩是玩,不贪玩,
哨子一响,锣鼓家什背包立刻一齐背起来。
歇足了劲,我们还要使劲往前赶,
赶去帮助保卫我们人民的桃花园。
喊出一声"同志们!
边境上的战士、老百姓
已经盼了我们好几天!"
大小同志、男女老少赶起路来格外快又格外欢!

高举着我们的五星红旗

一

看我们的五星红旗多么红,
她和人民英雄们的热血一样红;
来!高举着我们的五星红旗,
行动!
永远跟着我们伟大的人民领袖毛泽东
　一致行动!

二

看我们的五星红旗多么红,
她和我们锻炼着的钢铁一样红;
来!高举着我们的五星红旗,
行动!
永远跟着我们伟大的人民领袖毛泽东
　一致行动!

三

看我们的五星红旗多么红,
她和世界人民的心肝一样红;
来!联合着世界的人民弟兄,
行动!
永远跟着我们伟大的人民领袖毛泽东
　一致行动!

在外国诗歌、民歌与中国传统诗词之间

——柯仲平新诗导读

□ 邹建军 叶雨其

柯仲平是中国现当代文学史上的重要诗人，他开始创作新诗的时候，还很少有人集中时间与精力来进行新诗创作，也许我们可以说他是中国最早的一批新诗人之一，并且是后期创造社的重要成员，创作了大量的、优秀的爱情与自然诗篇，具有积极的、革命的浪漫主义精神，在艺术上也有很高的起点。他在早期创作了那么丰富的优秀诗作，是我们在阅读相关文献与作品之前，所没有料到的。在我们从前的印象中，柯仲平只是一位从延安成长起来的诗人，其所有的诗歌作品是在民歌基础上发展起来的，它们都是实际革命工作的产物，现在看来不是这样的情况。他的确是延安新诗歌的代表诗人，那个时期的许多诗作政治性过强，并且都是唱赞美诗的，因此在从前的我们看来，这样的作品是不可读的，也不会有任何诗艺价值和诗史地位可言。可见，我们的研究如果不从诗歌作品的实际出发，而只是看现有的文学史和文学作品选集，会发生多么大的误会，甚至可能会埋没一位本来相当杰出的诗人。这是我们在导读柯仲平新诗作品的时候，首先要向读者交代清楚的一点。

我们不想全面地回顾柯仲平一生的创作道路，而只是想指出其整个的诗歌创作历史明显地分成了三个阶段："五四"早期的新诗创作；到延安以后的新诗创作；建国以后的新诗创作。现在我们发现，在这三者之间具有很大的不同，表明其诗歌创作受到了他所在的政治与时代因素的重大影响，并且其诗艺水平总是在不断地下降，以至于在后来几乎退回到了少年时代之前。我们也不想专门去讨论其诗歌作品的题材与内容，因为他从事诗歌创作的历史比较长，作品也比较多，题材多种多样，形式也是丰富多彩的。在他的作品中，不仅有抒情短诗，也有叙事长诗与抒情长诗，还有街头诗与墙头诗、口号诗与民歌体，所以要用一种理论或术语，难于对其整个诗歌创作进行概括。这就存在一个重要的问题，那就是一个诗人的诗学观念，在其一生的诗歌创作中，仍然可以起到重要的作用。早期的柯仲平接受来自于西方的浪漫主义诗学观念，对于英国与德国的浪漫主义文学特别熟悉，并且在创造社这么一个文学团体内，也受到了来自于团体成员相互之间的影响。在那个时期，他的诗歌创作没有限制，全是个性的自由表达与气质的自然流露，所以留下了诸多美妙的自然与爱情诗篇。可是，后来到了革命根据地延安，受到当时的政治思想与时代思潮的影响，每一个人具有明确的创作任务，要求用民歌的形式进行创作，要让工农读得懂、看得清，于是创作出了许多革命题材、政治思想与民歌形式的作品，现在看来这样的作品没有自己的个性与风格，更没有自己的思想与见识，出现了诗艺的倒退与思想的空无。因此，在这样一篇短文中只能是概说其诗歌创作在思想与艺术上所形成的几个特点，也顺便讨论一个外国诗歌、民歌和中国传统诗词的结合问题，以就教于大方之家与理论工作者。这样的导读以求让我们的后来者，能够对其诗歌作品有更准确的理解，以帮助大家更好地阅读其诗歌作品，理解一位诗人在那个时代的不易，以及诗艺求索的不易。

其一，其早期诗歌的传奇性与神秘性。如果我们只是接触其延安时期及其以后的作品，那么就会认为柯仲平只是一位"革命诗人"，或者一位"战争诗人"，其实他早期诗歌完全不是这样，而是自我色彩深浓、传奇性与神秘性兼有，许多作品抒发的都是极其鲜明的个人主义情感与精神，并且似乎与爱情相关，甚至有的时候，也不是那么好懂与好读，甚至他还凭借着这一时期的诗歌创作而被称为"狂飙诗人"（沈用大：《中国新诗史（1918-1949）》，福建人民出版社 2006 年版，第 345 页）。这就与其后期诗作形成了鲜明的对比。他到延安从事革命工作以后的作品都是很好读的，虽然有的时候方言土语过多，只要加以少量的注解一读就懂，诗思不深、诗意不浓，当然是很好理解的。后来我们所谓的"大众化"、"民族化"与"通俗化"的诗歌作品，它们就是其中的杰出代表。让我们先看一首他在 1922 年创作的抒情诗《赠歌》："我赠你以春兰，/你赠我以秋菊；/我赠你以芳香的，/你赠我以美丽的；/芳香的，美丽的，吾们是呵／ 春兰！/秋菊！"这里主要抒写"我"与"你"之间的交往与情感，从总体上来说两人之间具有相当的感情，当然也存在不理解甚至是矛盾的时候，诗人为此而感到苦恼。最后，诗人只有向自然界求得理解，做一个"星月客"。诗中的"我"大概就是诗人自己，而"你"是谁？也许谁也不知道。但可以肯定的是，这个"你"当是一位女性，正是诗中"春兰"与"秋菊"意象的由来了。这就给诗带来了一种神秘性，不知他们之间的关系，没有始也没有终，然后就在"逍遥太空！/太空逍遥！"这样的诗句中，结束了情感的抒写。在《此千起万伏的银河——二十五节跑雪曲》这首抒情长诗中，诗人展示了他在古旧的北京城跑步时的全部感受，因为其末尾有这样的说明："1923 年冬月尾一个雪雾茫茫的早晨，我在北京西城跑雪归来写。"我们来看其中的一节："原来这儿还是荒原，/原来这儿还是坎坷之场。/正好赶她一群蝴蝶儿，/可我一跤跌在白茫茫的荒原上。//落得君引颈而啾啾，/君，一只勇敢的飞禽；/落得君掀绛纱而微笑，/君——我云中的行星。"诗人创造了"荒原"与"行星"的意象，一个代表地上，一个代表天上，在我们的面前呈现出了一个神秘的自然世界。随后还出现了"醒狮"、"荒墓"、"两个红日"、"银灰色的世界"等意象，似乎诗人是在天空里奔跑时所见，完全不是在地上跑步时所见，可见，这首诗里的许多意象都是想象的产物。"去罢！可笑你累累的荒墓！/可笑你一根根的白骨！/你生前或甚受人爱敬，/你死呵，一根根的白骨！//——咦！咒到死者吗？/喂！我周围可站着无数张牙的鬼！？——呸！你们算什么！敢来罢！你们张牙的鬼！"这里出现的"荒墓"、"白骨"、"张牙的鬼"等意象，不仅具有神秘性，简直具有怪诞性与神性之色彩。在抒情长诗《走到地狱地狱下》中，写到抒情主人公在天上行走的所见所闻，许多时候诗人就在云端立马，于是出现了"雪花马"、"乌驹马"、"灰色马"等意象，甚至还出现了"快买呀！快买呀！人头贱过冬瓜价！"这样的诗句，令人毛骨悚然。"我骑的不是桃花马，而是雪花马，/那马儿生就是奔放云涛，惯走天涯；/好容易呵！一次云端立马，/射不死几个仇敌冤家，/我马空立我箭不就白发吗？/——然而我马真空立我箭更是瞎发了，/那叫哭连天的都不是仇敌冤家，/那叫哭连天的都不是仇敌冤家。"虽然是诗人的一种想象，却令人惊奇，让人揪心，因为抒情主人公要杀仇敌，可是不仅没有达到目标，反而射中了自己的马，发生这样的事情，只有让自己泪如雨下。从以上的分析可以看出，诗人早期诗歌中的传奇性与神秘性相当突出，也是其诗往往能够引人入胜的地方，和他后来通俗易懂、思想浅显、语言俗白的诗作相比，具有完全不同的精神与外形。这样的诗作是如何产生的？也许出于青春期的热情，也许出于少年时代的个性，也许出于那个时代的浪漫文学思潮，也许出于那样一个思想解放的时代要求。自我及自我的诗情与想象，在诗中占有很大的比重，具有很高的地位。而诗人后来的诗作为什么产生了那么大的变化，一变而为一个典型的"革命诗人"？主要是因为其生存环境发生了很大的改变，从事实际的革命工作过程中，思想情感也就发生了很大的变化，由自我转变而为人民与革命，所有的思想与语言都与从前不同了，甚至说发生了"跳崖式的断裂"。

其二，其早期诗作具有深广的宇宙意识，而后期的诗作完全没有这样的意识，其主要内容反而全是发生在地上的身边琐事。诗人早期的许多诗都表现青春少年的情感，往往与宇宙天空相关，天上地下联为一体，体现了诗人丰富的想象力，与开阔大气的情怀。在写于1922年的《赠歌》这首优美的爱情诗中，我们先来看第三节："我赠你以白芙蓉，你还我以蔓荆草；我亲热地来和你握手，/你冷眼地转了头！蔓荆草，转了头，/吾们还能够/再送芙蓉，/重来握手!?"语气的变化不可谓不大，种种疑问都被诗人提出，表现了"你我"之间的情感发生逆转及其美学意义。如果说第一节主要意象是"春兰"与"秋菊"，第二节的主要意象是"秋衣草"和"活麻叶"，第三节中的主要意象是"白芙蓉"和"蔓荆草"，所有的这些意象都还是人间的平常之物，那么到了第四节之后的"白云"与"青天"，"星月"与"太空"，就表明诗人的关注点从地上转移到天上去了。诗人的想象可以横扫南北东西，也可以上天而入地，一时在地上一时在天上，天马行空可以独往独来，没有了任何的限制，这样的想象与诗情简直可与屈原相比了。在《此千起万伏的银河——二十五节跑雪曲》中，诗人在地面跑着跑着，一不小心就进入了天空。"昨晨前晨，/东天降生了两颗赤星；/一个拨云雾而奋进，/一个赤精精闪放光明。"也许并没有什么两颗太阳，只是诗人的一种感觉与想象而已。也许，其

他创造社诗人们的作品也与之相仿，他们喜欢在自然世界中发现诗情，他们也喜欢与自然世界进行对话，他们表现的对象主要不是日常生活，而是更远的地方、更远的事情，所以其诗作中才出现了许多远离人间的意象。在其诗剧《风火山》中，也有与此相近的倾向。本来是一部革命的史诗，却与天地自然联系起来，诗人的感悟力与想象力，在此得到了高度的扩展。在那个时代的诗人中，宇宙意识是本有的存在，就如宗白华、郭沫若、田汉的诗，基本上也是如此。创造社诗人主要的思想来自于西方的浪漫派，他们诗学思想的主导方面就是自然、想象与情感，"回到自然"是一个重要的观点，那如何才可以回到自然呢？当然就是靠想象和情感两种方式，把自我的情感投入自然，以诗人的想象把握自然，而自然的最高层次与最高综合，也就是宇宙空间了。可惜他后来更多的诗作过于关注现实与革命了，把自己当成了一个政治的动物，一个时代的产物，越来越实、越来越近，与自然却越来越远，想象力越来越小、情感力越来越弱，当然诗质也就越来越差，再多的作品也不如早期诗歌的创造性与感染力了。

　　从其诗歌作品的实际出发，值得讨论的似乎还有革命的主题、民歌的意义、诗艺的进退以及民歌、外国诗歌与中国传统诗词的结合与统一问题。第一，革命的主题之问题。柯仲平的革命诗作"大多写新生活、新人物、新思想，及革命斗争之强，情绪热烈、昂扬"（朱光灿：《中国现代诗歌史》，山东大学出版社1997年版，第885页）。我们并不一般地反对革命题材，在那样一个特殊的时代里，诗人作为革命队伍中的一员，表现革命情怀与革命思想是一种必然，当然是无可厚非的。然而，是不是要像有的人那样平面地记录革命的生活与斗争，是不是要像有的诗人那样只是表现革命领袖的思想与言行，而没有自我的发现、个人的见识？是不是只要记录了现实的生活和革命的斗争，诗歌作品就一定具有了思想与艺术价值？这是一个不需要思考就可以得出结论的一般问题。"玩是玩，不贪玩，／哨子一响，锣鼓家什背包立刻一齐背起来。／歇足了劲，我们还要使劲往前赶，／赶去帮助保卫我们人民的桃花园。／喊出一声'同志们！／边境上的战士、老百姓／已经盼了我们好几天！'／大小同志、男女老少赶起路来格外快又格外欢！"（《打肩》，1940年，关中）这首诗无疑描写了革命的场景，表现了战士们与群众之间的关系，以及他们保卫革命成果的意志与热情，然而从诗的角度而言没有什么独创性的东西，过于直接与直白，读起来没有什么特别的味道。因此，我们认为题材本身并无价值可言，也就是说写古代生活和当代生活，只要写得好都具有同样的价值。古人不可能写当代的生活，今人当然可以写古代的生活，有的人也许认为写古代生活没有价值，而写当代生活就是新的，就会具有重大的思想与艺术价值，这样的认识是存在问题的。写什么都是没有关系的，而在于如何去写，只要写得好就是有价值的，而只要写得不好就不会有什么价值。柯仲平在延安时期所写的一些东西，就像一位新闻记者所写的一样具有纪实性，如绘画中的速写，如数学中的速记，没有任何的深度与广度，这样的作品虽然写到了革命甚至革命领袖，也不会具有什么价值，因为它们与思想、艺术、诗歌不存在什么根本性的关系。这是那个时代许多诗人作品里的重要毛病，包括李季、田间、阮章竞、萧三、陈辉等。如果说《边区自卫军》这样的作品还有生活的实感，那么有的作品则完全是标语与口号，与诗思和诗艺本身没有什么关系。所以，问题不在于表现了革命的题材，而是看你如何去进行表现。题材本身没有任何诗学意义与诗艺价值，新的题材并不能给你的诗本身带来什么意义。这样说并不是反对革命题材入诗，而是就事论事而已。艾青、郭小川与贺敬之早期的作品就不一样，虽然也是表现了革命或者说与革命相关的题材，然而他们是以诗人的方式、以诗艺的方式、以个人化的方式来表现的，其思想与艺术价值就因为诗与自我而存在了。第二，民歌与"诗人之诗"之间的关系问题。在延安时期，在那个时代的主导思想影响之下，文艺要为工农兵服务，诗人作家要转变自己的政治立场，甚至要求诗人作家要与工农群众打成一片，以为这样可以写出优秀的作品。于是产生了对于民歌的重视，收集、整理与学习民歌也就成为了一种思潮甚至是运动，柯仲平是其中的重要成员之一。柯仲平十分强调采用民族化的形式来进行诗歌创作，他虽然认为应该向优秀的外国诗歌学习，但他同时也认为，这种学习应该是一种"批判的学习"（柯仲平：《柯仲平诗文集》第 4 卷，文化艺术出版社 1991 年版，第 245 页），而学习的目的，也是为了"继承我们几千年来的民族诗歌的优良传统，向前发扬，提高创造，使我们发展着的社会主义内容，能够有最恰当完美的民族形式来表现"（（柯仲平：《柯仲平诗文集》第 4 卷，文化艺术出版社 1991 年版，第 245 页）。当时诗人所能接触到的民歌，主要是山西、陕西、甘肃和河北一带的民歌，并且也只是一部分而已。收集民歌与整理民歌本是一件好事，学习民歌也可以让诗人吸收一些思想与艺术的养料，从而有利于自己的创作。然而，全民收集与整理民歌是没有必要的，因为没有那么多民歌可以收集，民歌也只是中国传统文化中的一部分，并且还是底层文化的一部分。向民歌学习，并不是要求你创作出来的东西就是民歌，如果创作出来的东西就是民歌，那你不就是一位民间诗人了吗？"快酿你加料的白干酒与红葡萄！／快酿你加料的白干酒与红葡萄！／耐不住了！耐不住了！／我们儿女的战火都在熊熊烧！／我们儿女的战火都在熊熊烧！／耐不住了！耐不住了！／快酿你加料的白干酒与红葡萄！／快酿你加料的白干酒与红葡萄！"（《我要喝加料的白干酒与红葡萄》）这是诗人写于 1925 年的一首诗作，说明那个时期诗人已经有了民歌的意识，虽然是现代汉语口语，而反复的采用和顶真的技法，让我们感觉到了民歌的魅力。然而还不是标准意义上的民歌。在那样一个特别的历史时期，柯仲平只是其中的一位，就他那个时期的诗歌作品而言，除了长诗《边区自卫军》和《平汉路工人破坏大队》以外，许多作品本身就是民歌，与收集到的当地民歌没有什么区别，甚至还不如从民间收集起来的民歌之土味与野味。写于 1946 年 10 月张家口的《英雄且退张家口——街头诗之一》："我把城墙当铁链，／我把城池当罐罐；／英雄且退张家口，／王八人瓮链子拴。／／你占城来我占乡，／把你包围在中央；／东风定与孔明便，／撤退里头有锦囊。"这首所谓的"街头诗"其实就是当时的口号或标语，看起来像打油诗或顺口溜，没有什么诗意的创造与诗的形式。把自己的创作还原为民歌本身，当然是存在问题的。我们认为民歌与"诗人之诗"还是有差别的，正确的道路是从民歌中学习一些艺术手法，然而创作出来的作品还得是个人化的东西，还得是符合现代标准的"诗人之诗"。李季的长诗《王贵与李香香》之所以引人入胜，就在于它是在民歌信天游基础上的创作，具有独立的艺术构思与艺术形式，

味道很浓，人物形象鲜明，而其他许多作品完全不是这样，所以并没有取得成功。第三，诗艺的进退问题。一个诗人总会有创作的历史，是不是后来的作品一定会超过原来的作品，后期的作品一定会超过前期的作品？完全不是这样的。何其芳是一位杰出的现代诗人，他早期的诗集《预言》诗思与诗质都具有探索性，而后期的作品则远不如这本诗集，延安时期的一些作品尚可，处于转变的过程中。柯仲平的诗歌同样有这样的过程，即早期作品具有鲜明的个性与风格，个人化的东西是大量的存在，与革命、政治、现实并没有什么关系，当然也是那个时代的产物，然而是一种情感上、意象上与形式上的产物。写于1934年开封的一首诗《酒不消愁还喝酒》中有这样的诗句："整日你愁，为甚值得这般愁？/黄河决口，开封不也变沙丘？/只爱五月花，腊梅把你恨煞，/西风要骂，难得美玉无疵瑕？"也就是说在比较早的时候，柯仲平的诗风就已经发生了很大的转变，这种转变一个是题材上的，一个是情感上的；一个是形式上的，一个是风格上的，与早期诗作已经完全不同了。这不是一种好的转变，而是一种退化甚至是"严重的退化"。也就是说，他早期的诗作是诗质与诗艺俱佳的，而到了延安时期就完全脱离了原来的轨道，而进入了所谓的革命与政治之中，所写的东西往往离诗美与诗艺本身越来越远，并且没有一点个性与气质。"柯仲平对于诗的认识，都偏向于听觉上的、时间上的"（沈用大：《中国新诗史（1918-1949）》，福建人民出版社2006年版，第347页），他个人的癖好是朗诵，而带有表演性质的朗诵，也最能令其诗歌产生效果，这一特征在其早期诗歌中内化为诗句的激昂与气魄，而到了晚期，则反而使其诗歌沦为了政治的传声筒与留声机。这是一种诗艺的倒退，也是诗思的倒退，就此而言，柯仲平当然是一个悲剧，一个严重的悲剧。而他自己并没有意识到这样的问题，反而认为是一种进步，并且是一种时代性的进步。我们相信，这样的悲剧不只是发生在柯仲平一个人的身上。第四，外国诗歌、民歌与中国传统诗词的结合与统一的问题。在一个人的创作上，是不是可以把外国诗歌、民歌与中国传统诗词的思想与艺术特点相结合，在理论上是没有问题的，可是在实践上却存在严重的问题。柯仲平早期主要受到西方浪漫主义诗歌的影响，又在那样一个思想解放与个性解放的时代里，所以创作出来的许多作品具有相当的创造性，就是在今天看来也是具有相当水平的唯美诗篇。到了革命根据地之后，如果再写这样的作品显然是不合时宜的，加上那个时代所提倡的民族化与大众化的诗歌思潮，后来毛主席《在延安文艺座谈会上的讲话》发表，要求所有的文艺工作者为人民服务，首先是为工农兵服务，要把自己的思想和情感都转变到工农立场上来，同时也要求以民歌的形式来写诗，在这种情况下，柯仲平就完全改变了自己的诗歌形式，采用当时的口语来写革命生活，采取陕北民歌的形式，所以创作出来的许多作品没有思想、没有个性、没有形式上的特点，包括这里所选的三首诗，现在看来都没有可读性。他从小熟读唐诗三百首，而这种讲究节律、可以吟诵的古诗，对于其诗似乎也没有发挥本该有的作用，虽然他的许多作品讲究外在的形式，可是在没有内在思想内容的情况下，也就不再有什么良好的艺术效果。所以，我们对于五十年代与六七十年代提出的所谓的"三结合"的创作方法，以及同时流行的在民歌加古典诗歌的基础上发展新诗的诗见，是持保留意见的。实践证明，对于一位诗人而言，要不就以外国诗歌为主，要不就以民歌为主，要不就以中国古典诗词为主，才可以发展起自己的特点，形成自己的优势。在理论上探讨了那么多年，发表的论文成千上万，可是违背艺术规律的理论，对于创作不会发挥任何好的作用，相反会造成灾难甚至是严重的灾难。柯仲平一生的诗艺实践，就充分地说明了这个问题。[Z]

诗评诗论
POETRY REVIEW POETICS

三个宇宙：由外观走向内省

如果一个诗人只有内心独白与自言自语，而首先没有行万里路的勇气与实践，没有更为细致的自然观察与社会观察，那么再多的自言自语与内心独白也缺少根基，你的作品与时代、社会就会有相当距离，你写出来的东西就让读者为难……

——邹惟山

三个宇宙：由外观走向内省
——对当代中国汉语诗歌创作存在问题的反思

□ 邹惟山

　　当代中国的汉语诗歌创作，自九十年代以来，虽然取得了很大的进步，但也存在严重的问题。如果我们毫无保留地肯定成就，而看不到问题，是不符合艺术事实的；如果我们只是看到所存在的问题，而看不到它所取得的进步，同样也是不符合事实的。有人盲目地肯定当代旧体诗词，认为旧体诗词作者群体超过唐宋，受众群体也超过历史上任何朝代，所以成就直追唐宋，这只会成为一个很大的笑话；有人完全无视旧体诗词存在，认为诗歌主流只是新诗，新诗作者群体巨大，产生许多杰出作品，就认为新诗成就远超"五四"，这同样是一个很大的笑话。诗坛笑话多多，也是不争事实：连续数年鲁迅文学奖评奖都引起争议，基本上都是外在的意气之争，并非对内在本质的认识，许多人只是看到现象，而没有看见实质；许多争论都是围绕外在原因，而不是内在原因。没有评上鲁迅文学奖的柳忠秧，也因为作家方方的随意批评而引起争议，甚至引起了法律官司，说明关于诗歌的争论还远没有结束，也不会结束。本文不想参与这样的争论，也不想回避，因为它实在是与诗歌艺术本身没有很大关系，甚至根本上就没有什么关系。九十代以来的汉语诗歌创作取得了不起的成就，自由写作的风气已经形成，诗歌语言形式探索取得进展，一批杰出作品开始产生，"五四"至八十年代后期完全不能与之相比；然而存在的问题也是相当严重的，一些诗人没有处理好自我与他者、自我与时代、自我与世界之间的关系，创作出来的诗歌不饱满、不精致，没有闪亮品性、没有创造性质，这种病态与诗人态度有很大关系。因此如何认识"外观"与"内省"，如何处理"外观"与"内省"之间的关系，如何在这个过程中让三个宇宙产生链接，实现从自然外在的宇宙进到诗人内在的宇宙，再进到诗歌作品的全新宇宙，实在是每一个诗人不可忽略的问题，也是一个值得再次探讨的理论问题。"三个宇宙"是本文提出的一个核心问题，而要实现三个宇宙之间的链接，只有由"外观"到"内省"，再由"内省"到"外观"，再由"外观"到"内省"的反复这一条路可走，它正是杰出诗作产生的必由之路。

　　所谓"外观"，就是强调诗人要注重对自然、社会与人生的观察，对外界的东西进行全面的了解与认识，不仅看其表象，也要深入内心，看到事物的本质，不过首先是要积累对世界的印象，让更多的事物进入视野，成为自我知识、经验与体验的一部分。从前的理论家过多地强调诗人要认识事物的本质，而没有强调首先是要积累印象，那是从一个思想家与哲学家的角度而提出的要求,而我们对于诗人与作家的要求要有所不同,那就是首先要有对于世界上更多事物的认识,包括自然世界、人的世界、社会生活与他者的个人生活,都要有所观察与了解,在此基础上也要对世界所有事物的本质思考,因为这样有助于诗人对客观世界产生一种直观的、全面的把握与表现。诗人要有自己的思想,但首先要有情感;诗人要有对事物本质的认识,然而首先要有对于世界的具体印象。因为诗人对于自然世界与社会人生的把握与思想家不一样,那就是要以一种鲜活的意象来进行把握,以一种具体的、直观的方式进行把握,而一般不以思想的、抽象的、逻辑的方式进行把握。所以,与其直接分析社会与人生,不如直接观察社会与人生;与其直接表现思想与认识,不如直接表现情感与印象。这就是诗歌和文学与其他社会科学门类在认识内容与表达对象上的重要区别。有的人认识不到这一点,强调诗人要表现思想与认识,完全认识不到他们在艺术表现上的特点,而写出来的东西根本不是文学作品。李白如果没有对从蜀国到楚国再到吴国的观察,如果没有对于从底层到高层社会生活的了解,他何以写出那样博大精深的诗作呢?从《蜀道难》到《梦游天姥吟留别》,从《将进酒》到《丁都护歌》,首先就是得力于他遍游名山大川所积累起来的感性印象,而不是靠他对于社会与人生问题的探讨。这个基本问题一直没有引起当代诗歌理论界的重视。古人提倡"读万卷书,行万里路",前者受到了重视,中国人从来就教育后代要读书,后者则没有完全做到。也许古人没有完全做到的条件,而现代社会交通工具相当发达,"行万里路"并不是一件难事。前者对学者而言相当重要,而后者对于诗人而言是不可缺少的。所以,"外观"是诗人存在的前提与基础,是从事诗歌乃至一切文学创作的根本途径,没有这第一步就没有第二步。积累感性认识,不仅是全面的也是细节的,不仅是群体的也是个体的,观察要细致、要有所发现,要有独到的、丰富的、个性化的感性认识,不然真正优秀的诗歌创作就无从谈起。有的诗人根本没有这样的认识,更没有这样的意识。

如何理解"外观"对于诗人的重要性?可以有以下三个层面:第一,对于自然与社会要有全面的了解。不仅要有对于家乡的感性认识,也要有对于异地的感性认识,要尽可能地去更多一些、更远的地方,东方的、西方的国家,南方的、北方的地区,包括大海与高山,包括人烟稀少的南极与北极。最普通的劳动人民讲得很好:世界很大,我要去看一看;对于诗人而言,尤其如此。诗人要以意象的方式来表达一切,如果没有对于自然与社会生活的感性认识,就难于创造丰富多彩的、个性化的、具有表现力的意象,因为你没有见过,有再超越性的想象力往往也无能为力,想象也是建立在观察基础之上的。第二,对于自然世界与人类社会要有细微的观察与发现。一目十行式的读书也有必要,而细读一本书对于诗人来说则更加必要;对于自然的观察也需要同样的细致,有的时候诗人要像昆虫学家研究昆虫一般地进行观察。英国诗人华兹华斯做得相当到位,直到今天,也很少有人能够赶上他。诗人在英国西北部昆布兰湖区生活多年,其中当然也有外出的经历,到过英、法乃至欧洲许多国家与地区,然而他以一生中大部分的时间与精力来观察湖区,创作了大量的、丰富的、惊人的自然诗篇。如果没有反复的观察,像动物学家与植物学家那样的观察,《序曲》这样全面表现大自然与诗人自我的一生的长诗,是不可能完成的。在中国,与陶潜比起来,对于自然的观察更细致的可能是孟浩然,其山水诗中大量地保存了那个时代襄阳与江汉一带的自然景观,对于今天的读者来说,也是极其难得的,今天的江汉与他那个时代已经具有了很大的区别。对于社会生活的观察也同样是如此,对上层社会、中层社会、底层社会等都要有细致的观察,如同巴尔扎克在《人间喜剧》中对于法国社会形态的观察与表现。第三,在观察的时候要尽量有所发现,有所认识。从前有的学者要求诗人注重事物的本质,而放弃了丰富的表象,从而也放弃了本有的东西,舍本逐末最后也不会得到本质;在积累丰富实体印象的基础上,也要力争对事物的本质认识,最大程度地表现出独立思想,以及诗人自我人格与思想品质的东西。需要强调的是诗人没有必要过于关注事物的本质,没有必要纠结于表现所谓的思想,有没有思想与本质上的认识,对于诗人的艺术表达与艺术创造没有实质上的损害,因为诗是文学的一种,而思想本身不是文学。当然,如果可以把思想与形象、本质与表象两者有机地、自然地结合起来,则不失为一种更好的选择。

所谓"内省",是指诗人要在充分外观的基础上,把所观察到的所有事物进行清理,根据自己的观察与发现,从自我的内心出发,进行种种反思与内察,从而对自我、世界、人生和社会有所探讨,有所发现。有的学者并不强调内省,而总是强调诗人的时代性与社会性,"社会生活是文学艺术的惟一源泉"、"人民只有人民,才是创造历史的真正动力",似乎诗人只要表现了那个时代的社会生活,表现了人民群众的社会生活与生产斗争,就是有价值的,否则就是没有价值的。其实,艺术的真理与事实完全不是这样。这种理论导致了一个重要的失误,让许多诗人不注重观察自然世界,也不注重观察作为个体与他者的自我与社会,写出的作品不是时代的流行想象,就是浮光掠影式的自我抒情,空洞无物,让那个时代的诗歌走向虚无与混乱,让诗歌从根本上从一开始就处于苍白无力的状态,造成了二十世纪五十到八十年代汉语诗歌最严重的毛病之一。任何诗歌都是自我的,在文学世界里任何事物只有通过自我,才可能成为个性化的东西,没有自我的反思与内省,任何事物都不可能进入诗歌的门栏,更不可能进入诗歌的状态。所以,对于诗人而言,在"外观"的基础上进入"内省"的形态,并且是特定的、具体的、高度的内省形态,是诗歌创作成功的关键之一。当然,"内省"只能靠诗人自己来进行,任何人也不可能代替这个过程,如果可以代替则不是真正的"内省",而只是一种外在的东西,处于一般思想水平线以下的东西,这样的言与行对于当代汉语诗歌没有任何帮助,反而十分有害。只有通过了诗人的"内省"才可以产生重要的诗作,像华兹华斯《序曲》这样的作品,像柯勒律治《老水手行》这样的作品,像艾略特《荒原》这样的作品,没有诗人的内省,根本就不可能产生。对于纯粹外在形态的描写根本不是诗,对于历史的叙述也难于达到诗的境界,诗人的内心世界才是诗歌艺术的起点,当然也是诗歌艺术的终点。

如何理解"内省"对于诗歌创作的重要性?可以有以下三个层面:第一,"内省"要以体悟为主要方式。诗人的内省与哲学家的内省要有所不同,那就是要以对于具象的体悟为主,而不是以抽象的思考为主,不以逻辑的演绎为主。所以,诗人要把通过外观而获得的种种印象,作为自我体会与品味的对象,打乱与重组所得来所有的东西,以利于发现一些自己感兴趣的东西,从而为诗歌创作积累印象、情感与思想。诗人是以直观的方式把握世界,所以在"内省"的过程中,也要以直观的方式进行思考,并且始终不能离开自己从自然与社会获取的最原始材料。第二,要以反思为主要途径。诗人与其他文体作家有所不同,要以批判与反思的方式对待世界上所有事物,才可能真正地有所发现。许多中国诗人都没有或缺失这样一种反思,对待世界与自我往往都采取一种动物主义的态度,"今朝有酒今朝醉,明日愁来明日忧",不去思考重大社会的问题,也不考虑人之生的根本问题,也许这就是中国在很长时间内没有真正的哲学家与思想家的根本原因。同时,也没有一种真正的诗性思维,有的时候虽然做梦,也是以自然原始的东西为主体,很少有人反思与批判自我的世界,反思与批判自我所在的国家与民族,自然写不出真正优秀的诗作。诗人需要反思的对象主要是自我,自我的言语与行为,自我的情感与思想,自我的历史与现在,自我的本质与外形。第三,"内省"主要是在静态之中进行的,正是所谓的闭门思过,"吾日三省吾身"。"外观"也许是动态的或是以动态为主的,因为你得到处走一走、看一看、听一听,同时也想一想,然而这样的状态还不可能进入真正的"内省",更不可能审视自我的灵魂,不可能有什么真正的思想发现。所以,在一段时间的外观之后,还得要有一段时间的静思,以期对外观的所得进行回顾与整理,以得到一个完整的印象与全面的认识。在一段时间里可以不与外界联系,也可以停顿一段时间的外观,让从前的所有印象重新在自我的内心过一遍,得到重新组合与呈现,争取有更多的思想艺术发现。

"从外观走向内省"是一个重要的诗学命题,也是一个重要的诗歌问题。而之所以如此，是因为一些诗人没有这样的意识，犯了根本的诗学错误，创作出来的作品，总是存在这样那样的问题。第一，是所谓"老干体"诗词的问题；第二是所谓的"先锋诗"问题；第三是所谓的"歌德体"问题；第四是所谓的"口语诗"问题。所有这些问题，都与"外观"与"内省"存在直接的关系。有必要联系相关现象进行讨论，以期提出切实可行的解决方案。

关于"老干体"诗词。最近二十年来，随着我国离退休人员的大量增加，"老有所学"、"老有所乐"成为了一种必然选择。由于中国诗学传统丰厚、诗教发达，从小熟读唐诗的老干群体，有很大一部分投入到了文学创作事业，成为数量巨大的业余诗人群体。这本来是一件好事，然而由于特殊历史发展阶段的影响，真正接受过高等教育或专门训练的人并不多，严重影响了诗歌专业化的水平，优秀的作品实在不多。而他们的群体如此之大，以至于每一个中、小城市都有专门的诗词协会或学会，一些大的单位内部也有相似的协会，办有诗词刊物。没有可能全部阅读他们的作品，因为他们出版的诗词作品集"浩如烟海"。并不要求讲究平仄，用现代汉语创作的古体诗词讲究平仄也没有什么意义，然而只就诗意诗美而言，许多作品在以后的历史上，没有存在的可能性。特别令人不安的是，每每到了"八一"写"八一"，到了春节写春节，开了一个什么会就写什么会，发生了一件什么事就写什么事，这样的所谓诗词与"文革"时期许多假大空的诗歌没有什么根本的区别。《中国诗歌》有一个古诗词板块，然而每一次都难于选择，就是因为绝大部分作品皆应景之作，没有广度，没有深度，没有厚度，没有味道。完全没有个人的感受与人生的感悟，如何能够写诗呢？对于他们自己而言这些作品是有意义的，因为他们借此能够表达自己的想法、发挥自己的余热，可是对于汉语诗歌几无价值。没有处理好由"外观"走向"内省"，也许是一个重要原因。他们有外出观察自然山水的条件，也有着丰富的社会经验，缺少的就是"内省"。一些作者并不清楚诗词是要有个人的发现，而不是要去表现时代的流行主题，更不能表达没有经过自己思考的东西，所有外在的东西也不可直接记录，因为诗歌并不是历史，也不是对一个事物发展过程的描述，而必须是一种光闪闪的精神晶体。不过，"老干体"的情况也

是比较复杂的，在历史的过程中自然也会有一些好作品。乾隆皇帝一生创作上万首诗词作品，现在已经很难选出几首像样的，基本上处于外观的状态。虽然有一生的经历与观察，然而没有内省的过程，看见什么听见什么就写什么，所以少有自我、情感与思想，更没有对于自然与社会的发现，丰富的人生经历对于其诗歌创作没有产生什么影响，因为没有实现由"外观"到"内省"的转化。不过，一些古典文学研究者时有一些佳作。最近见到戴伟华一组古体诗相当有味道、有气象。《夕阳》："海岛夕阳丽，惊讶第一遭。养身志贺泉，卧听蓬莱涛。"《鉴真》："幽邃戒坛院，枯山水悟机。鉴真播种处，海客对菩提。"《金印》："西土水泱泱，倭奴天一方。灿然金印地，几度问沧桑。"《瓷色》："陶都才艺女，巧遇在东洋。瓷色传承古，红梅一朵香。"《海滩》："台风吹我身，踏海洗凡尘。追浪纵情趣，路人嗔至真。"这说明任何事物也只能说其大端，不可一概而论。当然，"老干体"并不等同于古诗，有的新诗也是属于"老干体"，所以要有辩证的分析。我也并没有否定所有的"老干体"的意思，而只是反感其中的部分作品，真正有价值和意义的作品，也不会因为我的反对而失去历史的地位。

关于"先锋诗"。"先锋诗"的存在与价值本身历来存在很大争论，它的确标志了一个诗歌时代，那就是"朦胧诗"之后的一段历史，处于所谓的"后朦胧诗"或"探索诗"之间的一个群体。他们的诗之所以不太容易让人读懂，也是因为它没有处理好由"外观"到"内省"的过程。首先是缺少或没有对于世界与社会的"外观"，许多作品只是诗人的一种自言自语，其实就其内容与性质而言也缺少内在的反省与自我审视。与此相对的"知识分子写作"就做得好一些，而那个时代的所谓"民间写作"、"下半身写作"等，只是当代汉语诗歌历史中一个小标点而已，并不标志着一种诗歌潮流。如果一个诗人只有内心独白与自言自语，而首先没有行万里路的勇气与实践，没有更为细致的自然观察与社会观察，那么再多的自言自语与内心独白也缺少根基，你的作品与时代、社会就会有相当距离，你写出来的东西就让读者为难，因为他们很难听懂读懂你的所讲，你的作品也不会有诗情与画意的存在。所以，如果只是"内省"并且是低级水平的"内

省"，就会产生像"先锋诗"这样的现象。"先锋诗"也探索了许多艺术问题，然而一个缺少外观的群体，就只能是"温室里的花朵"，虽然漂亮却少有壮硕的生命，其实也没有真正的内省。你再有自审的能力，却没有时代与社会根基，特别是自然地理与人文地理的根基，就像一个敏感的疯子，他没有见过世面，再疯狂的呼喊与再强大的雄辩，也难于产生感人的诗作，因为大家不愿意或者不相信他所说的东西，因为它所讲的内容，根本上不接"地气"。

"歌德体"问题。"歌德体"在八十年代之前是普遍的存在。一个诗人的作品对于时代与社会，对于政党与国家及其领导人只是采取歌唱的态度，一点不同的想法都没有，好就是绝对的好，坏就是绝对的坏，总是表达对于党的忠诚，成为歌功颂德的同义语，成为时代精神的传声筒，成为所谓的党的政策的宣传品，完全没有个人的思想与自我的情感，这样的作品可以算是诗吗？九十年代以来虽然少了一些，但也并不是完全绝迹，上述"老干体"中的很大一部分就是这样的作品，这么多年以来也没有改变，这样的作品在诗学上与诗艺上，都不会有任何的意义。有的诗人把政府等同于国家，把民族等同于人民，把政府的政策等同于圣旨，基本上不经过自己的思考，同时也没有投入真正的感情，所以创作出来的东西，没有任何的创见与个性，与报纸上与电视上所讲的话语是一个模样，是当代汉语诗歌在诗思与诗艺方面的致命问题。我们并不是反对政党与政府的政策，更不是反对爱国主义宣传，但诗歌并不等同于宣传，政策也不等同于主题，诗人面对的所有的这些，都要有一个从外观到内省的过程。首先要有"外观"，同时要在外观基础上进行全面的"内省"，特别是要有反思与批判的眼光，才有可能转化为诗的东西。"歌德体"诗人群缺少"外观"，他们少有到自然世界里进行细致的观察，也少有对社会人生的真正见识，而是只凭多年来形成的惯性思维来写作，少有独立的思考与探索，一切都只是接受外在的东西、上面的东西，在诗歌作品里歌功颂德就在所难免，甚至要以此为生了。这样的作品，与诗学与诗美没有任何关系。五六十年代的"贺敬之体"，许多东西也还是通过了诗人的自我，有一些内省的东西存在。而那个时代绝大部分作品，现在看来已经不可卒读。他们没有主动地进行"外观"，也没有真正的"内省"，就没有从"外观"到"内省"的过程，如何可能写出真正优秀的作品呢？我个人认为只是"歌德"的诗不可能在历史上存在，也没有任何价值，无论它们现在是否进入了所谓的文学史与诗歌史，都不会产生任何的意义。当然，有一部分叙事长诗与抒情长诗除外，因为有了外观的存在，同时也有一些内省的东西，特别是自我反思与自我批判，会得到历史的肯定。我之所以反对"歌德体"，主要还不是因为它们缺少"外观"与"内省"，而是因为我认为作为一位诗人就要有独立人格，对任何政治与权力不可歌颂，只能采取一种批判的立场，以体现政治的民主与社会的健全，而现在已经有越来越多的诗人认识到了这一点。中国传统文化中缺少一种批判思维与人格道德，而中国的发展之所以出现严重的问题，也正在于此，说好话的人太多、写赞美诗的人太多，所以我认为"歌德体"对于中国的诗歌、文学与文化，几无意义。当然，如果真的有自己的发现，值得歌颂的现象也还是可以歌颂，关键是要讲真话、抒真情、写真景，不然的话就是虚假之态，就走向了艺术真实的反面。我之所以反感"歌德体"是出于当代中国的现实，而不是一概反对世界上所有的对于美的肯定，对于美的肯定与对于丑的批判同样的重要，这与我们所说的"歌德体"不是一回事。如果有"德"那就歌颂吧，如果有"美"那就肯定吧，而两者恐怕都要以"真"为前提，不然就会出现问题。我并不是要否定一个时代，建国后的"十七年"和"文革"时期也并不是没有好作品，"十七年"里郭小川、贺敬之、李瑛、严阵的一些诗作，也具有相当的高度与深度，在历史上也是有地位、有影响的。我提出这个问题，是说那个时代的诗歌从总体上说存在严重的问题，如果我们认识不到的话，现在也会犯同样的错误，对以后的汉语诗歌历史也不好交代。

"口语诗"问题。"口语诗"是近几年来因为缺少从"外观"到"内省"过程，而造成的一种奇怪现象。近几年的所谓"梨花体"、"乌青体"等诗歌现象，正是"口语诗"的代表，引起了诗坛上下的反响，特别是在网络读者群中成为笑话，诗坛上下为此而不安，以至于每一年的"鲁迅文学奖"评出之后，随即成为了影响广泛的"诗歌事件"。现在看来"口语诗"的写作过于随意，与平常说话没有任何区别的东西，也可以成为诗。这样的情况，与"五四"新诗传统有关。胡适当年就提出一个口号：话如何讲，诗就如何写。他自己也是这样写诗，《蝴蝶》一诗就这样成为了历史上的笑话，他因此被人嘲笑为"黄蝴蝶"。而到了新世纪，这个传统却有了更多具体的作品为证。为什么会如此？主要是因为没有正确的诗学指导，让人们不把诗当诗，而把不是诗的东西当成了诗，随口而出的东西，只要分行似乎就成为了诗。一首诗，首先要有自我的发现，也要有适当反思与批判，而一位没有足够"外观"的诗人，他如何可以有自己的发现？他都没有很好地观察自然世界与社会人生，最基本的感观印象都没有，没有思考对象与感悟内容，如何会有自己的发现？同时，他们也没有基本的"内省"，没有对自我内心世界的审视，如何可能有深刻的东西？看见什么写什么，听见什么写什么，看见天上的云彩就写云彩，听见地上的微风就写微风，看见河里有青鱼就写青鱼，看到山上有小树就写小树，感叹两句，评价两行，似乎这就成为了诗，如果这样的话，当诗人也就太简单了一点。他们不是完全没有"外观"，而是只有一点点"外观"就开始了写作，更没有了所谓的"内省"，所以就把诗当成了语言的游戏，有的时候虽然有一点机巧，有一点味道，但没有充足的诗情诗兴，终究还是镜花水月、无迹可求而已。诗不是语言本身，语言再讲究也不是诗的形态，而日常口语的排列更不是真正的诗。诗始于观察，终于内省，如果这两点都不存在，哪里还会有诗的出现呢？当然，有的以口语为基础的新诗，用词讲究，富于哲理，与一般的"口语诗"有很大区别，也许就不是"口语诗"了。"海陆巨变保存你伟岸的身躯，/至今还有人类向你致敬。/下次海陆巨变人类将成为化石，/还有什么生物向人类致敬？"（张三夕：《参观自贡恐龙博物馆》）在这首诗里有时空的巨变与重叠，有对于人类与世界存在与变化的思考，所以就有了思想与艺术张力。"你置身太平洋和日本海的交界线，/海与洋的合流塑造你独特的风姿。/汉代的金印蒙古塚，/巨大的时空　也许能泯灭历史的恩仇。"（《志贺岛》）语言也富有张力，对志贺岛地理形象的描述，对中日两国历史上的恩仇的反思，颇为精致，颇有力度。所以，我们对于以口语为基础的新诗，也不可一概而论。正像叙事、抒情、民歌、民谣中皆有好诗一样，需要对具体对象进行具体分析。"口语诗"是一个特定的概念，不是说凡用现代口语所写的诗都是"口语诗"，而是指那些不讲究诗情诗意诗美的作品，那些随口而出没有丝毫打磨的作品，那些把写诗当说话的作品。像张先生自创的"新诗绝句"，当然不属于"口语诗"的范畴。

"从外观走向内省"不仅是一个重要的诗学命题，也是一个重要的诗歌问题，当代汉语诗歌存在的种种问题，似乎都与此有很大关系。一位诗人对于自然与社会没有足够的外观过程，就不会有进行内省的基础与条件，"外观"越广泛、越久远、越丰富，对于诗人的成长越有好处；"内省"是在外观的基础上进行的，内省越深厚、越全面、越频繁，对于诗歌创作也就越有益处，真正优秀的诗作就是这样产生的。没有"外观"不可写诗，缺少"内省"也不可写诗，只有将两者统一起来，才可以产生杰出的诗作。古今中外的大诗人以及那一批重要作品的产生，也一再地证明了这一点。唐代几位诗人如李太白、杜工部、白香山等，都以自我的一生体现了丰足的"外观"，而他们本身也有强大的"内省"能力。因为种种历史的变动，他们到过中国南北东西许多地方，经历了各色人生，积累了丰富经验，体验了重大变故，同时对所有的外观及其结果有着强大的自省与自审能力，对于那个时代的社会与政治有着很强的批判精神，所以在他们的诗作里有着许多重大的人生发现。李太白《蜀道难》、杜工部《茅屋为秋风所破歌》和白香山《长恨歌》等作品，都是在"外观"与"内省"统一的情境下创作出来的，几乎没有例外。这样的作品没有"外观"不可能产生，没有"内省"也不可能产生，没有两者的统一也不可能产生。有了"外观"的起点也有了"内省"的终点，形成了一个自足的圆形与圆满，杰出作品都有这样一个漫长的过程，一个不断的循环，一种生生不息的过程。

　　"从外观走向内省"，除了"外观"与"内省"两个关键词以外，"走向"也是一个有其深意的关键词，在这个生命的圆环中，同样不可缺失。在有了"外观"的情况下，还得以主动的方式"走向"一条不断"内省"的道路。一位诗人不能停留于"外观"，如果只是外观而没有内省式的反思，也不会有所发现；"外观"是重要的，但"外观"不是终点，也不是目标，它只是一个起点、一种基础，所以，诗人要在"外观"的前提下走向"内省"，即达到自我反思与自我批判。"走向"是一个过程，一种状态，更是值得坚守一生的东西，不是一次两次就完结得了的。只有在这个过程中，才能够实现自然世界的外在宇宙，以全面与立体的方式进入诗人的内在宇宙；在此之后，诗人通过自我的审视与反思，通过用与生俱来的个性与气质进行反复的打磨，最后产生一个新的宇宙即诗人的作品，形成一个可以独立于诗人与自然之外的世界，并且传之后世。优秀的诗歌只有在这个过程中才可以产生，三个宇宙的循环往复，才有可能完全实现。对于诗人来说，诗歌创作是毕其一生的事业，所以"从外观走向内省"也是一生的轨迹，是诗歌作品源源不断地被创作出来的正常形态，是一种必然的艺术规律。如果认识到了这种规律就会不断地创作出新作品，如果认识不到这种规律艺术生命就会停止。一个循环往复的过程，一个生生不息的过程，诗人的生命力与诗歌的生命力，其实也正在于此，只是我们许多人没有认识到而已，只是我们许多理论家没有重视而已。其实古人是有所论述的，比如"博观"、"登山"之类的论述，所谓"为伊消得人憔悴"的三种境界，似乎都与此相关。当代汉语诗歌虽然取得了长足的进展，然而也存在严重的问题，种种现象的出现与种种问题的存在，似乎都与此相关。如果诗人能够处理好"外观"与"内省"的关系，认识到三个宇宙之间的关系，认识到"第三宇宙"的产生不可能离开自然的宇宙与诗人的宇宙，并且必须经过第二个宇宙的汇流与融合，不仅从理论上进行认识，也从创作上进行实践，那么经过诗人们的共同努力，现有的问题就会得到解决，真正杰出的作品就会产生，整个汉语诗歌就会更上层楼。Z

《西夏史诗》的诗学考查

□ 李生滨 田鑫

讨论宁夏当代诗歌，无法回避肖川，无法回避虎西山，也同样无法回避杨梓等倾心诗歌的精神梦幻者。尤其是杨梓，以《西夏史诗》的创作探索，引领宁夏当代诗歌创作的美学高度和历史深度。从诗学而言，杨梓在新诗的形式里寻求古典意蕴的《骊歌十二行》（宁夏人民出版社 2012 年版），再次细致过滤了《西夏史诗》（文化艺术出版社 2006 年版）的抒情想象，并丰富了诸多西部意象的文字雕琢。

杨梓，1963 年 7 月生于固原，曾任《朔方》诗歌编辑、副主编，现为宁夏文联文学艺术院院长、宁夏作家协会副主席，宁夏诗歌学会会长。1986 年开始创作，作品入选过众多选刊选本。曾参加《诗刊》社第 15 届青春诗会，在《诗刊》发表过个人作品专辑。写诗 30 年，出版《杨梓诗集》、《骊歌十二行》等诗集。

杨梓作为宁夏当代最优秀的诗人，性格倔强而赤诚，最能显现其个性追求的成果是《西夏史诗》这一宁夏诗歌地标性的巨构。《西夏史诗》不仅内涵丰富，也体现了诗人高标的艺术追求和历史想象。"这个英雄时代的已沉没的光辉，使人感到有必要用诗来表现它和纪念它。"诗人的英雄情结、史诗情结就凝聚在他所引用的黑格尔这句话里。诗人对于创新有着强烈的渴求和与生俱来的野心，就像"五四"时代中国新诗的尝试者们摆脱旧诗的"阴影"，创造出自由新诗而一举揭开了中国诗歌新纪元一样。杨梓作为一个拥有农耕文化和游牧文化双重传统的宁夏诗人，敏锐地抓住历史机缘，挣脱区域束缚，以全新的艺术观念触摸西夏神秘而古老的岁月过往，写下《西夏史诗》这部 60 万字的诗歌著作，表现诗人雄心和精诚的同时，也充满了对一个民族远去背影的缅怀。

"民间诗歌的语言充满象形文字，这些文字与其说是通过形象，不如说是通过音乐才能理解，与其说是表现对象，不如说是激起情绪"。

按照亚里士多德《诗学》的说法，"史诗是一种古老的诗歌形式，其产生年代早于一般的或现存的希腊抒情诗和悲剧"，"史诗是严肃文学的承上启下者，具有庄重、容量大、内容丰富等特点。鉴于古希腊英雄时代拥有《荷马史诗》这样辉煌的作品，所以"史诗"除讲述诸神传说和英雄故事的古老传统之外，还包含着吟唱者及其门徒、模仿者将过去故事从湮没中抢救出来，使之恢复生命，感动后人的特征。这在藏族史诗《格萨尔王》的传唱中更为经典和庄严地显现并触及心灵。进入二十世纪以来，随着史诗历史及其认识日趋丰厚，人们在历史研究和分析程序日益严密的启迪下，对"史诗"以及已经积累起来的材料进行了冷静的思考。除了进行关于"口头"和"笔头"史诗的对比研究之外，将史诗作为"有着一定长度的叙事诗"，"史诗自始至终都表现出其结构是有序的"，"史诗诗人为他自己的时代讲话，有时候代表一个民族，有时候则代表整个时代"等论说，都充分体现了史诗具有的精神性内涵和审美性价值。正是在这样的批评讨论中，张立群认为，杨梓的《西夏史诗》主要应被理解为代表一个民族历史的文人作品，它的庄重、容量大、内容丰富等特点，表明作者期待穿越时间的迷雾，在俯拾文明碎片的过程中，整合"一部生动而丰富的历史"。冥想高原吹来的风雪，不仅仅是历史的召唤，还有当代诗人昌耀的精神血脉。

"远古的图腾承受着日月的融化与塑造"（《逐水草而居》）。毫无疑问，《西夏史诗》会因为西夏民族悠久的历史而产生多种讲述故事的方法。然而，讲述者今天化的视点决定了这次讲述如何组合历史的可能。即使"你无法想象没有具体形象又有任何形象的光明之父／你无法看清他无穷的变化成为宇宙间无穷的事物／你永远不知道他来自何处又去哪里／你只记着他的故事／和无法阐释的名字"（《逐水草而居》）这样的诗句，一直充满着礼赞中的困惑，但杨梓还是在古老羌人迁徙的羊皮口袋里找到了历史的踪迹：当一个亘古的民族经历了创世的阵痛，"最初的太阳腿女子和她的子孙们／成为源和流的神话"（《永远的昭示》）。

古老羌人留下一路族人死去的足迹，来到辉映两轮皓月的孪生湖之间，在白鹤留在大地上的一只白色的世界之卵中，走出的她就成为"世界上的第一个人"。

"她叫董拉可她没有姓氏／她是白鹤的化身可她没有创天造地／她是董部酋长的公主可她失去了亲生阿妈／她是部落里最美丽的女孩可她并未发现／她将成为一个部落的始祖可她并不知道"（《逐水草而居》）。

西方十二世纪最重要的诗人但丁对诗的定义是："诗不是别的，而是写得合乎韵律，讲究修辞的虚构故事。"《西夏史诗》中，传奇经历构成了一个古老英雄部落拥有具体名字可考的"历史"，这段"历史"从一开始就具有比喻和想象中的浪漫色彩。从这个意义上说，《西夏史诗》"史"的意义已经成立，而诗，又让真实的西夏历史，戴上了永恒的神奇光环。

传说是神话的子宫，历史是抒情的摇篮。至《西夏史诗》卷八《红炉点雪》时，杨梓已将时间的标记刻在"清康熙三十九年"。当隐居贺兰山的甲木朵在巨大的沉默中"坐成无人知道的禅"，西夏从文字出现到此时已经经历了六七百年的历史。

"党项啊　念起即临的神／现在请你飞出梦乡／结束这一漫长的旅程／从贺兰山深处的禅走进滚滚红尘／走进翻天覆地的高楼林立的五彩缤纷的夏都／请你豪饮一番故都的酒／再送你踏上回家的路／回到久别的天堂／回到火阿妈的身边"

《尾声　贺兰之乐》中的这段叙述，决定了历史的神秘大门已经通到现实。尽管，此刻已经国泰民安、风调雨顺，但这并不能抹去一段苦难的历史，它有英雄般的坚强，有黄河东逝的沧桑，有神人共建的玄妙，并最终在诗人想象和追踪的眼光中成为《西夏史诗》英雄血泪的颂歌，"那里有燃烧的火焰和四射的金光"，"还有黑风里的残月和北斗"。

写埋没在七百多年尘埃里的王朝，其实是在替所有的西夏后裔——那些心中本来都是有诗的人叫魂。诗人精血化情语，七弦琴上起云烟。但是，凌空高蹈的旋律，只收到了少许的空谷足音，《西夏史诗》出版多年，一直没有得到应有的重视。鲁迅《摩罗诗力说》议论说："盖诗人者，撄人心者也。凡人之心，无不有诗，如诗人作诗，诗不为诗人独有，凡一读其诗，心即会解者，即无不自有诗人之诗。无之何以能解？惟有而未能言，诗人为之语，则握拨一弹，心弦立应，其声激于灵府，令有情皆举其首，如睹晓日，益为之美伟强力高尚发扬，而污浊之平和，以之将破。平和之破，人道蒸也。"诗人杨梓就是"撄人心者也"，"其声激于灵府"。不过他用想象、用激情点燃西夏精魂，那些已经埋没在历史长河的西夏往事，特别是血肉之躯的梦想和死亡，"追寻家园的苦难苍凉和悲壮"。云雷奔涌，文字便如琴音震荡在心灵深处，历史与想象在诗的叙述歌吟中完成"西夏"的精神涅槃。

人活着要仰望天空，追问大地。《西夏史诗》其实也是生活在西夏故地的诗人探寻历史天空、寻求民族精魂的一次心灵旅程，自然离不开地域的人文视野及文化象征的意义追索。

艺术是一种文化现象，特定的艺术是特定文化的象征性符号体系。在这一体系的建构过程中作为创造主体的艺术家，不可避免地面对这样一种生存悖论：他既与生俱来地受到特定文化类型、审美规范的限制，又从艺术创作的独创性方面不得不有意识地逃离和超越自己所从属的文化模式。由此，任何艺术家都处在某种复杂的文化"场"中创造了艺术品。"艺术处于某种文化关系之中"（查尔默斯语），正如霍加特所谓"一部艺术作品，无论它如何拒绝或忽视其社会，总是深深植根于社会之中的。它有其大量的文化含义，因而并不存在'自在的艺术作品'那样的东西"。从杨梓确定写作《西夏史诗》的那一刻开始，他就无法摆脱历史的限定和诗歌的根本属性。有人从个体的意义确定了诗歌言志抒情的基本价值，然而在历史的深层，或者说人类共同的精神血液里，诗歌更多地属于人类审美的哲学想象和隐秘的文化象征。不但如此，由于"神人"同源造就历史，所以，一部《西夏史诗》在本质上与汉民族起源时充满神话传说并没有过多的区别。自然，这样的历史沿革，也决定了《西夏史诗》包含着许多颇具原型意味的文化意象。

既然《西夏史诗》以如此广阔的视野完成了一次"叙事"，那么，与丰厚历史和生命意识相连的必将是那些具有符号化和象征性意味的文化意象，而在遍览作品之后，我们可以大致察觉："水意象"及其所指物，或许是诗人最为钟情的事物。从《序诗　黄河之曲》开始，《西夏史诗》一路伴水而来，生命的"孪生湖"、"河曲生产与命名"、"析支就是黄河曲"的重复，到处闪现着水的光芒。一般而言，"水意象"总是与时间的流动和生命的根本力量密不可分：

"水是追逐草场的牛羊／成群结队地从门前流过／是背负西风和羌笛的苍鹰／不舍昼夜地在头顶盘旋／水是一种勇往直前的力量／于党项各部的血管涌动如初"（《葬雪》）。

不过，从更为广阔的时空状态和象征物的角度上讲，"水意象"却包容着雨、雪、植物、叶片等一切指示物（兴象）。由于《西夏史诗》倾注的是一个草原部落的沧桑巨变，所以"水意象"的反复吟咏和使用并不让人感到意外。上述意象的大量运用，如果可以结合深层心理学的分析，则是从潜意识的角度表现出诗歌和诗人本身追寻史诗文明过程中的回归意识和诗学自觉。从西方象征诗派的理解来说，"自然界的山水鸟兽草木虫鱼种种事物都在向人们发射着信息，与人们的内心世界相呼应，诗人可以运用物象来暗示内心的微妙变化"。再参照杨梓《骊歌十二行》打磨的《身陷红尘》、《顽石滴血》、《隐形的力》、《与雪同在》、《敦煌钩月》、《灵如风啸》等一组组诗歌意象，诗人对自我与世界之间的人类历史，个体存在，微小与宏大，空灵和实有，显扬与隐在，确实有着静默的体会和超验的理解。其实，中国文化对于山水自然的诗意审美是所有艺术家不可忽略的美学资源。西方诗学的许多理念，如果在灵性的观照中融会中国古代艺术家的感性体验，也许才能建构审美的最高境界。

西部是华夏民族的精神高地。黄河流淌千年，西夏连接着黄土高原和青藏高原，连接着西域和辽金北宋，《西夏史诗》的创作让杨梓得以充实，并有了西部最开阔的地域描写和精神游走。诗评家燎原说："近十年来，中国的西北省份出现了一批以本土人文地理和历史为诗歌资源的重要诗人，宁夏的杨梓之于西夏就是如此。"如果说杨梓的《西夏史诗》具有明显的指向性，那么那种将贺兰山、西夏等元素融入诗歌中的创作方法，就代表了宁夏诗歌创作中地域景观和历史想象的最高水平。其实，再追问一下中华民族的远古起源，党项族的迁徙和炎黄子孙的历史传说有着同构的文化指向，加上黄河的文化符码和历史承载，我们怎能说诗人没有进入人类精神血脉的象征森林呢？ Z

诗学观点

□ 李羚瑞 / 辑

●吴思敬认为，诗人应有一种广义的宗教情怀，这种情怀基于人对摆脱生存不自由状态的渴望。在时间的永恒面前，人感受到生命的短促；在空间的浩瀚面前，人感受到自身的渺小。宗教的价值就在于对人生不自由状态的解脱。正如日本学者松浦久友所说，诗歌抒情最主要的源泉来自于回顾人生历程时升华起的时间意识。这也是一种生命意识。诗歌作为人类生命活动的象征形式，是力图克服人生局限、提升人生境界的一种精神突围。基于此点，诗人就不会仅仅以展现生活图景，表达私人化的情感、欲望为满足，而是要透过他所创造的立足于大地而又向天空敞开的诗的境界，向哲学、宗教的层面挺进，昭示人们返回存在的家园。

（《真诗人必不失僧侣心》，《名作欣赏》，2016 年第 4 期）

●卢辉认为，在许多诗人想让汉字以一当十的时候，这些年，中国诗歌的诗写方式仿佛不再拘泥于语言自身的承载量，而是通过叙述等立足在场、当下的现实本位来凸显诗歌的容量，这种方式本来不属于诗歌这类短小的文本，然而，凭借着第四代优秀诗人对当下现实样态和时代节点的有效截取，诗歌在短小的空间里释放出时代本相。作为凸显现实秩序的诗歌言说方式，由于是按横向思维的推进模式，因而一些第四代诗人的诗歌语言更多显露出一种日常经验的"自发现象"，这种自发现象多半是诗人在统揽现实秩序与精神体例之间的思维产物。

（《"第四代"诗歌：一个时间性概念以及可能性诗学》，《福建文学》，2016 年第 4 期）

●耿占春认为，阅读一首诗就是自我不设防的瞬间，就是彻底敞开自身，它需要向未知的、不确定的、未完成或未成形的状态接近，它需要向复杂性、多义性或歧义性敞开，而不是屈服于固化的意识及其单义性。如果说在阅读一首诗的时刻这些是关闭的，人们就无法接受一首诗提供的一切，如果阅读过程中读者只在自身的意识领域扫描，局限于狭隘的意识领域，如果他屏蔽了自身和无意识的关联，屏蔽了往往"不正确"的情感或歧义性的经验，他就无法读懂现代诗。实际上，单义性的知识是一种弱智状态。

（《接水气的诗学分享与忧思》，《扬子江诗刊》，2016 年第 3 期）

●程继龙认为，百年新诗已不单纯是在闭合的水道里运行了，古典传统、西方背景和当下体验是新诗生长发育的三大向度。尤其是古典传统，从内部制约又启发着新诗，提供着正反礼盒的多种可能。近年来，也许是由于新诗发展所取得的长足进步，新诗与传统的关系出现了大于对立的趋势。新诗中受观念洗礼和肉体崇拜所鼓动的一脉在写作上喜欢施勇斗狠，以写得露、写得毒为风尚，但另一脉默默守持着汉语表达的幽微婉转特性，不奔突不跃进，遵守汉字天然的音形义关系，随物婉转，自由起兴，追求表达的奇妙意味。

(《从传统出发的旅行》，《作品》，2016年第4期)

●邢昊认为，诗歌不是为了虚构，而是为了提纯被可见世界所遮蔽了的那一部分。真挚而干练、豁达而超凡的中国现代诗歌，是对过往中国诗歌"黑屏"的全面刷新。在这些鲜活的现代诗中，无须隐瞒什么，诗写完全是自觉的，画面完全是清晰和确定的，更遑论什么含而不露。生活在继续事物被记录，许多普通而别样的细节，被全新的中国现代诗歌巧妙地捕捉和升华，矫正着一度被扭曲的审美意识。它汲取着生活的养分，紧贴着事物的肌肤，它一下又一下，低着头，像一台敦厚老实的挖掘机，实实在在地挖掘着万事万物所蕴藏的意味，不断向世界传达着关于一草一木、一山一水介于神谕之间的声音。

(《转折和流变，现代汉诗的整体检阅》，《诗潮》，2016年第4期)

●杨梓认为，后现代在付出了失去神性和灵气的沉重代价后，获得的是普通人的平凡性和现实性，诗人已转化成了写作者，由此带来的是诗作个性的普遍缺乏。缺乏个性的诗注定是平面的、瘫痪的、没有生气的；没有个性的诗，那肯定是别人的诗。个性化是一个民族、一种文化、一种人类命运的诗化。诗坛潮流汹涌，千诗一面，就是因为缺乏独创精神——诗作除了模仿别人就是重复自己。大诗人的成功，在于其以独特的方法创造了诗歌之美，发现了诗歌本身所具备的强烈感染力和秘密。

《诗歌创作漫谈》，《朔方》，2016年第5期)

●高兴认为，我们正处于因特网和全球化时代。在这样的时代，如何做一名诗人，如何写诗，如何保持诗歌的纯粹，已是每个诗人必须直面的问题。因特网时代，全球化时代，虽然多元，虽然丰富，虽然快捷，但也混乱、无序，充满喧嚣和诱惑，充满悖谬，容易让人晕眩，也容易使人迷失，忘记自己的根本。而因特网和全球化背景，同样容易抹杀文学的个性、特色和生命力。难以想象，如果文学也全球化，那将会是怎样的尴尬。如此境况下，始终牢记自己的根本，始终保持自己的个性，始终怀抱自己的灵魂，显得格外珍贵和重要。

(《诗是一种梦想》，《时代文学》，2016年第1期)

●臧棣认为，回顾百年新诗，可以这样讲，新诗的发生为汉语带来了一种新的书写向度：人们终于可以凭借自由的体验写出一种开明的诗。这种诗的开明性，在以前的汉语书写中是很微弱的；由于新诗的出现，它得以让我们有机会在更为复杂的经验视阈里重构自我和世界的关系。对诗而言，象征固然是源于语言的意义，但我们也应意识到，象征更是语言本身的一种暗示功能。在锤炼诗句时诗人的注意力应该首先放在如何激活语言本身的暗示功能上，而不是用象征模式简单地套现语言的肌理。

(《诗是一个独特的事件》，《诗刊》，2016年4月下半月号)

●卢桢认为，很多诗人意识到，诗歌并不是以文字简单地留下城市的斑驳投影，它可以离开那些直接描述或意译的、唤起具体历史背景的题材，而走向彻底个人化的写作，包括实验性的个人语法、主题、修辞，广义的视觉和听觉形式，特别是都市人细微的情感体验。进入新世纪，一些诗人自觉运用"底层写作"的抒情伦理，以平实的语言为都市小人物造像，在文化迁徙中倾吐生存的沉重与艰辛；还有一些诗人注重捕捉感性印象，在世俗精神中强化生活的偶然和无限的可能性，与城市物质文化展开直接对话，对现代人的孤独、虚无等体验实现创造性悟读。

(《21世纪诗歌的想象视野》，《诗刊》，2016年4月上半月号)

● **霍俊明**认为，在众多书写者都开始抒写城市化境遇下的乡土经验和回溯性记忆的时候，原乡和地方书写的抒写难度被不断提升，而我们看到的却是越来越多的同类诗歌的同质化、类型化，这进一步导致了诗歌之间的相互抵消。很多诗人没有注意到"日常现实"转换为"诗歌现实"的难度。过于明显的题材化、伦理化、道德化和新闻化也使得诗歌的思想深度、想象力和诗意提升能力受到挑战。这不是建立于个体主体性和感受力基础之上的"灵魂的激荡"，而是沦为"记录表皮疼痛的日记"。

(《日常佛，或心灵彼岸的摆渡》，《诗林》，2016年第3期)

● **黄怒波**认为，中国现代化进程之快，导致审美现代性机制的不适应。"朦胧诗"、"先锋诗歌"所代表的精英诗学与大众审美相脱离。在"为艺术而艺术"、"诗到语言为止"的唯美主义写作中，诗人迷恋"陌生化"、"非人化"、"震惊的美学"等现代主义美学概念。在大众社会到来时，如何处理"日常生活审美化"课题是诗学面临的挑战。审美自律性的负面性开始变成"新诗"的认同麻烦。"知识分子"和"民间写作"几乎处在你死我活的口水战中，语言一个比一个激进，诗也就写得一个比一个更极端。这种逞强斗狠的诗学争论，实际上反映出一种集体的恐惧与焦躁：写作还有意义吗？

(《迷途：成因及其后果》，《诗歌月刊》，2016年第4期)

● **董迎春**认为，当代诗歌不仅关乎传统意义上的写作行为，更是一种哲学认知视野下的审美态度与生命思维。在传统写作看来，诗歌需要复杂而统一的意象群，意象讲究陌生化的处理。而通感书写则强调这种"意象"的差异性、复杂性，他们追求超现实语言与意境，其中哲理性诗句对读者产生的惊奇与刺痛感，形成语言的词句或情景反讽，表现出存在感与虚无意识的纠结和挣扎。通感诗写，最为重要的是超验的语言与世界的关系的建立，诗作为一种感应的媒介通过幻想沟通自我与世界的深层的心灵关系，更重视主体与客体交融后的物化与心灵化的诗意发现。

(《诗体通感与通感修辞》，《当代作家评论》，2016年第2期)

● **刘波**认为，一个诗人的写作，很大程度上在于他的视野、创造力和进入的角度，这些汇集在诗行里，会以一种整体气质呈现出来。所有的文字都要立足于发现和洞察，从自身出发，由灵魂入肌理，最后也会回到自身，这才是诗学创造的归宿。诗话写作打破了很多束缚，它是敞开的，既向观点与思想敞开，更向表达上的创造性敞开，有了这种自由的氛围，诗人批评家们最能在宽松的空间里描绘出自我的底色。

(《再造汉语诗学传统》，《南方文坛》，2016年第3期)

● **巫洪亮**认为，"当代"诗歌广告竭力展现其诗语的质朴与通俗，以及诗体的民族化、大众化。广告文本不仅满足了国家权力主体所提出的，创作群众喜闻乐见的民族化和大众化的文艺作品的刚性需求，同时也注意到了普通民众阅读水平和阅读习惯。语言浅近与通俗，诗体的民族化与大众化庶几成为"新的人民的诗歌"重要的看点、亮点和卖点之一。这些广告一定程度上为现代新诗给人留下的"雅致"与"高贵"印象，重塑"当代"诗歌作为"下里巴人"的形象特质，促使读者摆脱阅读诗歌的恐惧感和惶惑感，让他们在近乎浅近的语言狂欢和对"民族化"的诗体形式的迷恋中，体验文化翻身的愉悦感、尊严感和神圣感。

（《诗歌形象修复与重构的向度与难度》，《现代中文学刊》，2016年第2期）

● 石华鹏认为，诗歌的晦涩与易懂的纠结由来已久，从新诗诞生的那一刻起就成为问题了。诗人会为晦涩寻找理由，认为令人费解的诗总比易读的诗强。懂和不懂的辩论是没有结果的。对于读者来说，读不懂可以选择不读，懂到什么程度可以选择智力训练。但是对于诗人来说，究竟谁有资格晦涩难懂？"曲高和寡"的优越感并不能隐藏诗人内心的"虚妄"，诗是"一念之间抓住真实与正义"，"一念之间"或许会带来"晦涩"，但"晦涩"是否抓住了"真实与正义"呢？如果没有抓住，那么晦涩就是欺骗与虚假，只有抓住了"真实与正义"的诗人才有资格晦涩难懂。

（《诗歌的"纠结"》，《文学自由谈》，2016年第2期）

● 杨斌华认为，文学的价值尺度从来不是一成不变的，因此，所谓"民间诗歌"这样一种文学现象也不可能成为某种普适性、本质化的概念，相反，我们需要不断地寻求它在特定文化情境下的限制和变化，包括其内涵的延展和差异。"民间诗歌"作为一种文化经验，它既应该持守自身审美的本质和价值，也需要不断地"去审美化"，开放和胀破其自身的传统规约，强化它对现实的介入性，对生活的呈现力和叙事性，提升其对于时代现实的传达能力。"民间诗歌"的生命力不在于固守其传统本质，而无疑将取决于它对现实语境是否具有足够的开放与容纳度，是否具有足以回应时代现实的文学传达能力。

（《民间诗歌与文学的生长性》，《文学报》，2016年4月28日）

● 张兴德认为，新时代的诗歌，作者之多、读者之众、传播之广，跟印刷时代不可同日而语。尽管风头正劲，仍有不少人指出，由于受到互联网浮躁气息的影响，当下的许多诗歌作品处于鱼龙混杂、泥沙俱下的状态。的确，诗歌在回暖背后也存在着一些令人担忧的泡沫。虽然互联网大大降低了诗歌创作与传播的门槛，但也造成了抄袭模仿的负面影响。互联网以及新媒体对诗歌而言是把双刃剑，在人人都可以是诗人的时代，对诗人的要求更高，因为如果写得不出众，就会立即被淹没。诗人应该深扎于生活，而诗歌又必须远离喧嚣。如何在网络时代，让读者从"梨花体"、"羊羔体"这些大众狂欢的诗歌娱乐事件中抽身，进而将关注的目光放到诗歌作品上，是需要认真思考的问题。诗歌不是少数人的自娱自乐，惟有建立起从民间到文坛再到学院的广泛连接，诗歌的传承才是有效的。

（《诗歌，在春天的中国苏醒》，《光明日报》，2016年4月16日）

● 邱静认为，诗歌和其他文学体裁的区别在于其敏感程度和象征性，因此诗歌能更鲜活地折射出中国社会转型期少数民族人民的欢欣、迷茫和阵痛。尽管很多少数民族诗人采用汉语写作，但他们对母语、对本族文化的赞颂依然存于诗歌之中。他们的作品以丰厚的文化底蕴、独特的母语思维以及用汉语书写带来的异质性取胜，创作出精妙的汉语诗歌。他们开启了一套富有民族特色、带有神话意味的符号系统。在少数民族汉语诗歌中，除了对地理景观的描述，诗人们还讲述了现代性对民族传统文化的冲击以及由此带来的焦虑。在他们的很多作品中，我们可以看到关于民族传统文化命运的思考。

（《少数民族汉语诗歌创作：继承优良传统　面向时代创新》，《文艺报》，2016年4月11日）

老班章之夜
——故缘夜话六十五弹

◆ 熊　曼

6月中旬，夏至将至。一个寻常周四的下午，谢克强一个电话打过来，遥控指挥："今晚开会。地点不在故缘茶楼，在卓尔书店一楼，陈升号老班章茶楼……"各种叮嘱，声嘶力竭，云云。

于是用餐过后，一行人兴致勃勃地驱车前往。

前　言

茶端上来了，香气袅袅。众人一番豪饮。

会议开始之前，车延高照例闲扯："我最近读了赵兰振的小说《夜长梦多》，向你们推荐。作者想象力丰富，语言驾驭力强，意境神秘，玄乎其玄……"各种唾沫横飞，眉飞色舞，请自行脑补。

忽然，话题一转，他又风马牛不相及道："有个叫轩辕轼轲的山东诗人，你们知否？我喜欢他的口语诗，简单的语言组合碰撞，产生了诗意。"

"有印象嘛，我们的网络诗选专号里面就发过他的诗。"笔者道。

这边厢，谢克强一边剔牙，一边漫不经心道："口语诗听起来简单，写起来可不容易。写得好，是口语诗，写不好就是口水诗，毫无营养。据我所知，目前为止，口语诗写得好的没几个。"

"那是，能入谢老师法眼的，相当不易。我们编辑的职责，就是去伪存真，去劣存优嘛。"车延高哈哈一笑道。

谢克强不置可否，拿起手机，先发信息，又打电话，几个回合后，阎志忙完公务才匆匆赶来。自此，本次编前会拉开序幕。

诗歌需要诗人的坚守

西娃最近出了一本诗集，在微信圈弄得沸沸扬扬，人尽皆知，听说销量直追余秀华的诗集。作为《中国诗歌》曾经大力推荐的诗人之一，她不忘编恩，感谢之余，寄来其亲笔签名的诗集

《我把自己分成碎片寄给你》。

趁开会，笔者把它一一派发出去。

车延高拿起书，赞个不停："封面设计，内页排版，都很精美。"

谢克强接过话头："还有野夫的这篇评论，写得不错，念给你们听听。'当代民间新诗的发展水平，我认为是汉语文学中，最接近世界高度的文体了'，好样的，说了一句真话。"

阎志点头道："诗歌的价值确实被外界低估了，它的受众不像小说、绘画那样广泛，后者满世界发行，能给作者带来经济效益。"

车延高合上诗集，呷了一口茶，继续侃道："有些诗人曾给我的感觉很惊艳，别误会，我说的是诗，不是人。"顿了顿，继续道，"但后来的写作是重复的甚至退步的，令人遗憾。有些人写得好，有灵气，但昙花一现，作品越来越少。而那些坚持写作，且越写越好的诗人，值得尊敬，比如西娃。"

是啊，如果说，她早年的作品有铺排与晦涩之嫌，近年确实有进步。

打住。西娃姐姐如在场，估计要得意得不停地哈哈哈了。

本卷相关

坐在对面的泡茶小妹，显然不懂诗，也不甚感兴趣，冷眼看我们讨论，不时插播几个哈欠。

许是车延高的话触动了阎志，这个平素宠辱不惊的企业家兼诗人，翻看着桌面上堆成小山的诗歌类刊物及诗人们的诗集，感触道："诗歌很繁荣嘛，写诗的越来越多，写得好的也大有人在，有压力啊，要坚持学习与写作，否则就落伍了。"

这边厢，车延高继续滔滔不绝：

"《天津诗人》主编罗广才先生，忒有意思。他每次参加诗会，都带着几百本《天津诗人》，逢人就发，连扫地的服务员也不放过，称这是目前中国最好的诗歌刊物，其自信和热情程度令人发指。但我真的挺佩服他，对自己刊物的那份热爱。下次参会，我也带上咱们《中国诗歌》，逢人就发，大肆宣扬，可否？"

谢克强眉头一挑："你早就该这样做，你看我，每次到外地参加诗歌活动都带，多则几十本，少则几本，每次他们都一哄而上，一抢而光。"忽然他像想起什么来，敲敲桌子道："废话少说。大家对这一卷的稿子有什么看法？提出来讨论。"

本卷头条诗人叶丽隽，写诗多年，技艺精微。其人也比较低调，发来一组诗，挑了几首；过了一段时间又发来一组，来来回回大半年，才选了这个头条诗稿。她发来的照片，也如她的诗一样，沉静耐看。实力诗人、原创阵地等板块，既有老将余怒、剑南、包苞等近作，又有文西、麦豆等诗坛新锐的力作，值得一看。至于其他板块，你们自己去看嘛，我就不剧透了。关于这一卷的稿子，大家认为还满意，没有特别的异议。

对面的小妹又一连打了几个哈欠。谢克强抬腕看看手表，快十一点了，于是一拍脑袋，宣布散会，众人听命，相继离去。